小小说的盛宴

心灵中的文学

尚书房

白馬

白马

Baima

我们 在城市
回望 乡愁

陈毓 著

文化发展出版社
Cultural Development Press

图书在版编目（CIP）数据

白马／陈毓著．—北京：文化发展出版社，2016.12
ISBN 978-7-5142-1601-1

Ⅰ．①白… Ⅱ．①陈… Ⅲ．①小小说－小说集－中国－当代
Ⅳ．① I247.82

中国版本图书馆 CIP 数据核字 (2016) 第 321747 号

白 马

陈毓 / 著

总 策 划：尚振山　曹振中	
责任编辑：肖贵平　孙 烨	执行编辑：罗佐欧
责任校对：岳智勇	责任印制：孙晶莹
责任设计：侯　铮	内文制作：麒麟传媒

出版发行：文化发展出版社（北京市翠微路 2 号　邮编：100036）
网　　址：www.wenhuafazhan.com
经　　销：各地新华书店
印　　刷：北京博海升彩色印刷有限公司
开　　本：889mm×1194mm　1/32
字　　数：123 千字
印　　张：7.75
印　　次：2016 年 12 月第 1 版　2016 年 12 月第 1 次印刷
定　　价：39.00 元
ISBN：978-7-5142-1601-1

◆ 如发现任何质量问题请与我社发行部联系。发行部电话：010-88275710

天光大亮,所有的人都看清眼前这匹马,熠熠生辉,仿佛神就住在它那一边。

150	木兰之春
143	我们结婚吧
136	立春
129	芒种
122	小暑
116	奈子
110	绣球花
104	佛前
98	归心
90	佛手花
84	夜钓
78	保姆安苗和朱教授夫妇
71	谁说丽江是艳遇之城

目录

2　飞

7　白马

14　怎么回事

19　放蛊与蛊惑

24　猎人

31　狩猎

37　叶上花

44　惊蛰

50　豹子和小白

56　有兔子的田野

62　飞行器

目录

- 155 谷雨
- 161 雨水
- 167 祈雨
- 174 清明
- 181 多肉和橡子树
- 187 呼吸
- 193 卡
- 199 理发师
- 206 火车站
- 214 告别
- 223 霜降
- 229 冬至
- 236 后记

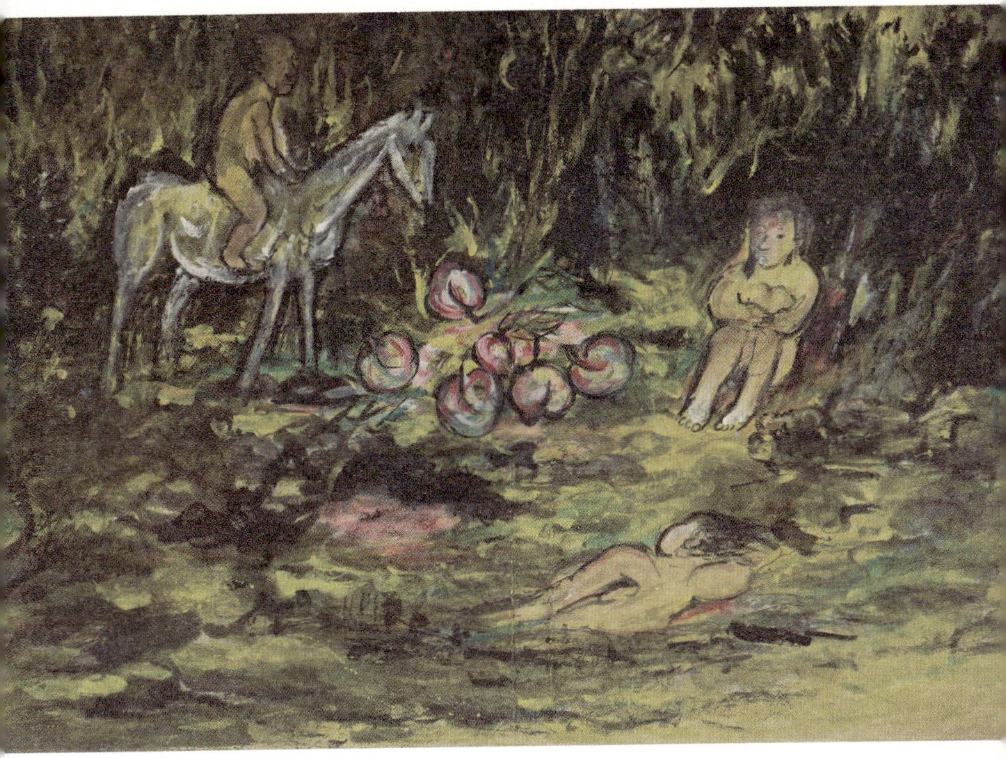

飞……

原来所有关于鸟的幻梦也是现实,我真的能飞

  我走在大街上,一边享受我的早餐,一个吃快了会烫出眼泪的香脆肉夹馍。一声"抓贼啊"的凄厉叫喊,打翻我嘴边的幸福,我猛然一抖,像战马听见出征的号角,一个激灵,冲了出去,手中的肉夹馍像一个豁了一角的铁饼,先我飞出。
  目睹了那场追击的观者事后追忆拼凑那个早上的情景。他们情绪激动,乱嚷嚷地说,太好看啦!奥运会上的赛跑都没这个激动人心。实在精彩,还以为拍电影呢!
  手机拍摄的视频贴上众多网站:我如龙卷风腾空而起;我在高高的围墙上蹦跳;我在一溜青瓦片上点着脚尖快跑……一连串的惊险动作完成在前后不过3米的距离,狂奔的贼和我身处同一画面,我的追击充满游戏的味道,像猫把老鼠一次次捉住又放开,再捉住再放开。眼看贼跑到了一条宽马路上,但见我，撒腿飞奔，这次是真追，我掠过一辆汽车，又一辆汽车，惊起一连串有惊无险的急刹车，嘎嘎的汽车拔尖声中，我落地又跃起，终于，在一个平淡无奇的地下通道的入口，我从那个瘪三似的贼手中，救出一个也不怎么好看的女人，不，女人的钱包。

我就这样一夜出了名。一个胡子拉碴，自称副导的人顺藤摸瓜，找上门来。来人敲开我出租屋的门，不请自进，左顾右盼，一点不外道，害得只穿短裤的我像一只猴子在人面前。那家伙上下打量我，前面后面观察我，在我的屁股上猛击一掌，说，好臀！哪里是人的，是一只马的，难怪飞得那么快！末了他说，哥们儿，你的肉夹馍来了。

大胡子副导开门见山地说，我可不是来报道好人好事的，我们导演想请你去拍几个镜头试试镜。

一锤定音。我跟他走。

我8岁那年，我家门前来了个算卦的瞎子，在给过瞎子5角钱后，我娘想使这5角钱有点获得，于是娘把放学回家的我喊住，让那个瞎子的枯手指把我全身摸捏一遍，瞎子得出结论，这个孩子骨头轻，吃不得重饭。瞎子的话弄得我娘忽喜忽忧，终究不得要领。

4

我在学校里混过18岁,不得不放弃高深如狗眼中的星空一样的学业,跟一个老乡到城里打工讨生活。我娘说她总算明白了瞎子的话,她一边说人各有命,瞎子算命,一边又不断托她能见到的同乡捎话来:告诉我那小子,做点上脸的事情了就回来看看老娘。

我每天醒来的意识总是从指尖开始,像阳光把一只梦中白鸟的翅膀一寸寸照亮。先手指、脚趾,再慢慢波及到肘关节、膝关节,最后是心脏以及大脑。直到那只白鸟站起来,慢慢扇动翅膀,滑翔、鼓翼、翱翔,天空中有了一只完美的鸟的剪影。

现在,幻梦照耀现实,我把昨天的生活放下,把沉重的麻包放下,我终于能直起腰,撒开腿轻松奔跑,这多美好。我跟在肉身沉甸甸的导演身后,心里的幸福感实实在在。

我在一声"预备——开始!"的喊叫声中冲了出去。这一次,我完全体会到了飞翔的美妙,原来所有关于鸟的幻梦也是现实,我真的能飞。我飞起来了,从地面到树上,再从树上跃过墙头,越过眼前这简易的工棚,我还临时激情发挥,展开手臂,溜过棚子上的薄瓦片,如踩在云朵上一样演绎出一连串曼妙的轻功动作。

有一刹那，我想起我的麻包，想起是因为知道我已彻底放下它们。我听得见心脏持续地"怦怦""怦怦"的跳动声，如使人热血沸腾的鼓点伴奏，我被鼓舞得热血沸腾。我趁着激情，穿墙而过，穿玻璃而过，甚至不可阻挡地穿过那个在码头上揍我、踢得我在地上打滚的人的身体。

飞呀飞呀，我飞过树梢、飞过屋顶、飞出了高楼的重重包围，汽车如蚂蚁、楼房像积木，千千万万大地上行走的芸芸众生，更是渺小如同尘埃……

一直飞，不停止，蓝天的背景变成了一片赤白，我感到了太阳的热力，那只白鸟忽然出现在眼前，我和白鸟合二为一，渐渐地，白鸟变成了金黄，又从金黄变成赤红，最后完全是一只火鸟了。

一只赤红的鸟不断飞升，勇往向前，一直向前。

砰，砰，什么声音？谁在放枪？干吗放枪？

呼，呼，飞，飞……

《文艺报》2013 年 8 月 21 日

白 马

> 把身体变成一朵云，袅袅升腾，飘上马背

三天前，他看见那匹马，只一眼，爱已无药可治。马在黎明的地平线上向着太阳驰骋，轮廓金红，但经验告诉他，马是白马。他注视着马的背影起伏又起伏，直至消失。在短短的三分钟里，他经历了爱与离别。

他在马离去的蹄声中失魂落魄。蹄声如鼓点敲击，大地的余音不绝，震荡到他的脚心、膝盖，再到他的小腹，在那里盘桓。

他一整天都神不守舍，不时倾耳而听，期待那独一无二的蹄声再次响起。白天过去，四野寂静，他食不知味，夜不能寐。

东方再次亮起前，在他一夜不眠的守候里，那匹马光彩熠熠地出现，几乎是在他眨一下眼睛的时分出现，在此之前一秒，马肯定不在那里。

马静立着，让他联想到一个词：稳静。这一刻看马，马的剪影甚至是黑的,马的鬃毛像一排密集的黑色旗帜,但他依然确信,马是白马,白云的白。

他"嗨"一声,那一声"嗨"寄托着他对马仅仅一天一夜过去就凝集得犹如一生的情感。他敏感地意识到马明白他的情感,马的双耳陡然一竖,黎明的地平线忽然一亮,"哗啦"一声,点亮天地之间那匹伫立的马。几乎同时,马一个打挺,在他目不转睛的注视里,完成从起步到驰飞到止步的一个完美过程,像是诚意报答他的守望,又像是要自夸给他看,马鬃耸起,状如飘雨,四蹄飞翻,色白如霜。他虽然站着,却觉得耳后生风,鼻头出火,像醉酒之人站脚不稳。小白马、小白龙、龙龙……他在喉咙里咕哝着,踉跄着向马靠近。

他向马远远地伸出他的右手,他想走得姿态洒脱,但却走得磕磕绊绊,他控制不住战栗,但他还是靠近了马,近到能在马泉水般的眼神中照见自己,头发如马鬃高高飞扬,眼睛里火焰升腾,正是巨大爱情降临时的光焰。太阳悬于马的身后,他看见马从灰到红再到白的三变色。他一跃而起,就在他几乎触及马背的一瞬,马闪电般地向他扬起后蹄。他感到小腹一麻,马蹄却在离他一寸的距离收住。马九十度的一个转身,向着天边飘然而去,使他再一次地失魂落魄。在马如鼓点敲击大地的蹄声中,他小腹的麻酥从腹部扩大到他的双腿、膝盖,一直到脚心,大地在他的脚心长久地震颤。

他忽然想起他的经验,两天来退隐的经验这一刻被唤醒。他要用经验拥有这匹马。

是的,他是驯马师,草原上最优秀的驯马师,驯服野马是他一生的光荣。他是野马的敌人,也是野马的知己。千里马之于伯乐,野马之于他,都是彼此的存在意义。

带上驯马师的套绳、鞭子以及嚼子,它们从祖先那里传递过来。他想起他的工具,却决定放弃工具,赤裸的马,天籁一般妙不可言的马,任何工具对它,都是侮辱。他决定徒手对待白马。

他在第三天黎明前夕等在他遇见马的地方,他预感马会来和他约会。

他捕捉到风中马的气息,循着气味,他看见那匹马,他耸动鼻翼,心醉神迷,但他清醒着眼前的约会,努力控制着自己的动作,把身体变成一朵云,袅袅升腾,飘上马背。他感受到了马背的温度与弹性,但几乎同时,他像一滴难以栖息在树叶上的水珠一样,在马背上弹跳而起,跌落在马身后的草地上,溅起草的浓香、露珠的清香、铁线莲薄凉的冷香,

10

穿过这些混合的气味，白马独一无二的气息扑进他的鼻腔。

他再次把身体聚拢成一朵云，飘向马背。他依然白费力气，再次坠地。白马稳立不动，目露促狭，像是在奚落他，又像是在嘲讽他。

他仰脸躺在地上，向白马伸出双手，喃喃自语：小白马、小白龙、龙龙……

他听见四周哄然而起的笑声。

你还是驯马师吗？

你像个发了情的娘儿们，水汪汪的。

你忘了你的鞭子、套绳、马嚼子啦？

他的那些驯马的搭档，他们是什么时候出现的？他真是昏了头，忘了潜伏在白马身边的危机。

多么漂亮的一匹马啊！伙伴们赞美道。

去野马那里，带上你的马鞭和嚼子，你忘了这些了，一个驯马师怎能忘了这些！奚落他的同伴，把一根长长的套绳向白马抛去。

他从草地上跃起的同时，看见三根套马绳从三个角度抛向他心爱的白马的脖子，把腾空的马从半空绊倒在地。马在脊背触地的刹那再次腾起，像一团火焰般跑远了，脖子上的绳索在它的身后哆哆嗦嗦，一路延伸，似乎也可以延伸到天边。太阳猛然一跃,马卷裹的那团火焰在天边再次被绊倒,绊倒又挣起,像夏日雷雨天在草地深处炸响的连环雷。一团火焰,又一团火焰。三个驯马师拉着套索滚下各自的马背,被白马拖拽着在草地上犁过,却都不松手。又有三个驯马师齐刷刷抛出手上的套索,把他们像石头般沉重的身体坠在各自的套索上,一起对付那孤胆英雄。冷铁的马嚼子穿过白马的嘴唇,缰绳也已套上,天光大亮,所有的人都看清眼前这匹马,熠熠生辉,仿佛神就住在它那一边。

一个胆大妄为的家伙拉着马缰绳跃上白马优美的脊背,但他旋即像被利剑刺中一般滚落下来。另一个知难而上,被马闪电般地一踢,也跌下去了。

同伴的号叫唤起驯马人心中更大的野性。六根套索如死亡的绞索,把马拉翻在地。跃起,摔倒。摔倒,跃起。似乎一千次。嫣红如红宝石的血滴从衔铁口滴滴跌落。

即便这个时候,他心爱的白马依然睁着那双不染一尘的眼睛,它不知道不屈服的马儿在驯马人这里是不存在的。被驯马人捕获的马儿,只能站在他们一边。

白马最终的结局可想而知。马被杀死,变成驯马人胃囊中的物质,马的精神将来到人的身体里,马的勇气、气力、无畏、不屈,这些都是驯马人看重的。宰杀烹食马肉的过程,也以欢庆的方式,男人举杯痛饮,女人载歌载舞,孩子为争一块马的拐骨扭打在一起。

奇异的肉香不可阻挡地冲进他的鼻腔,刺激他的眼泪滚滚。

他渴望得到马的头骨,哪怕他要为此和那个杀死马的驯马师决斗,他也不放弃这最后的机会。他想要珍藏它,像珍藏可以一生缅怀的爱情。

当夜晚的虫鸣被睡神宽大的袖笼收没,寂静的草原夜,只有他和他的马头琴醒着,如泣如诉。他恍惚看见白马驮着他驰飞,马鬃飞扬,状如飘雨,四蹄飞翻,色白如霜,使他风生耳后,鼻头出火。

《文艺报》2013 年 8 月 21 日

怎 么 回 事

> 他用低沉的嗓音在姑娘耳边细语:
> 妞,我真想亲死你!

经过近半月的踩点摸底,他在这个下午进入了那扇门。

年轻女人的房间。此女独身,而且像修女一样简单纯洁。他快速得出结论。

他的眼睛像精密的探测仪,从床到衣柜,到卫生间,到厨房,最后又回到小小的客厅。他在心里微笑。

更可喜的,是那姑娘很美,神情庄重,气质高贵,恰到好处的矜持,一点点的幽怨要细心识别才能发现。

现在那姑娘在墙上,静静打量他这个贸然闯入者。

门后的衣架上挂着她的外套和围巾,它们搭配在一起的色调让他觉得赏心悦目,他走过去,把围巾和外套摘下来,又走上前去,搭在照片上的姑娘的颈脖上,他现在连她的身高都能判断出,甚至她的气息,也仿佛可闻。他顺势做了一个拥抱

白 马
Baima 15

的姿势，像一个彬彬有礼的绅士，一个情郎见到他的爱人那样。

为了延续他的幸福感，他走到衣柜前，把每一扇门，每一个抽斗都打开，那里井然有序地放着她的日常，她的不为人知的小秘密。他用两根指头挑起一件绸质胸罩，在自己的胸前比划了一下，之后他矫正了自己刚才的拥抱姿势，把手臂往里缩了两公分，心里说，这样的拥抱才适合你。

行动干净利索，决不能迟疑犹豫拖泥带水，这是干他们这行的行规，但是今天他违背了，他在犯规。

他一直是个谨慎小心的人，在"工作"时不会冒任何一个危险。鬼知道他今天怎么回事？

现在你再看他，从容走到床边，在床上躺下，让他觉得美好的气息在那里格外浓郁，他差不多立即进入梦乡，他睡了十分钟，或者半分钟，之后他猛然醒来，他惊跳而起，仿佛刚醒悟自己此刻置身此地的目的。他迅速走到梳妆台前，一一打开那些精致的抽屉，把一些首饰、现金迅速装进自己的挎包。

该走了。

但他的目光却停留在镜子里，他低头从放在镜子边上的笔记本上撕下一页纸，又借用了主人的圆珠笔，仿照孩童的笔迹，十分稚拙地写下一行字：妞，我想亲死你！

他把纸条放在梳妆台正中，用笔压住，确定主人归来即便得知自己遭盗的不幸事实时，也能在临昏厥前看见这个字条，读完这一行字。

　　之后他拍拍自己戴手套的两只手，带着他的获得，离开现场。

　　这依然会是一桩在警察那里挂着的案子！挂着挂着，连警察、连失主都会忘掉这事，世界太大了，大到这样的事件连本市晚间新闻都上不了。晚上躺在床上，他不无遗憾地这般想。他想，若是能上新闻，说不定他就有机会在记者的镜头里看见失窃姑娘的真实容颜呢。

　　时间一天天过去，现在，他改行了。金盆洗手以前是一个词，现在是他心里能体会到的真切感受：轻松，自在，释然。

　　他带着释然之后的轻松和自在衣冠楚楚地走进一家豪华购物中心，一阵香风扑上他的脸，使他心旷神怡，等他从迷蒙的香气里醒过神，就见那个姑娘，正站在一排高高低低的名贵香水瓶子后面迎面而立。他眼睛一亮，满心欢喜，由不得冲着她"嗨"了一声：是你啊？原来你在这里上班？

　　他热情相迎，忘了过往，只是惊讶与欢喜。

　　那姑娘准把他当成了一位久未谋面的熟人，没准是自己十年不见的小学同学呢。他没看错，这确实是个有教养富美德的姑娘，她对他也是笑脸相迎，一边期盼他能早点报出大名好让她免受尴尬。

他一直走到她跟前，他把脸凑上去，直到姑娘独一无二的香气清晰可闻。他用低沉的嗓音在姑娘耳边细语：妞，我真想亲死你！

然后他像是说出了一个深藏心间已久的心愿似的安静退去。

他不能回头，因此他没法看见那可爱姑娘脸上的笑容是怎样一点点冻结在脸上，红晕如何一点点退去，苍白又是如何铺满了那张迷人的脸蛋。

警察找上门来的时候他正在梦乡里，他惊讶谁一大早就来敲他的门，不是贼就不怕人敲门，是的，他早都不做贼了，也早没了原先的那份警惕。因此当他打开房门，看见警察的一瞬，他还是有点吃惊，但他立即就明白了，并且明白自己已无路可逃。

于是，他和那个比自己年轻几岁的警察开玩笑：要不是我提供线索，就是再过十五年，你也不会破案的。

年轻警察谦虚地点头，在他的手腕上一拍，说，我承认你是个奇迹。

放蛊与蛊惑

想起门里经历的一切,
他觉得生命发生了变化,如蝉蜕

  这是他第二次来湘西,第一次是和女朋友来,那年他大学刚毕业,热爱沈从文,专程来拜会。再次来,他已身在官场中,每天需应付各式各样的忙,哪有心思旅游,但没办法,陪人。他每天卡在人和人之间,人和人复杂的事务里。他偶尔追问意义,但追问如投小石入深海,浪花也不泛出一朵。这是刚工作的时候,现在他早不纠结了。纠结有意义吗?他那么忙,无暇思想。
  他听见导游的声音,导游在讲湘西放蛊,他逮住一词半语,不甚了了。但"放蛊"一词突破思维惯性,被他逮住,他解释,不就是控制对方么,让被施蛊的一方听凭放蛊者的摆布。想到此,他心里一紧。
  有破蛊的法子吗?他想问年轻的导游,又立即打住,他心里暗笑，怎像少年好激动。

湘西那夜，月光如洗，他失眠了，枕上辗转，想起"放蛊"，决心自己释疑。他起来，上网查，对放蛊的技术性不能理解，什么蛊虫，什么放蛊、落洞、沉潭。最后他留意到史上一个叫韩晃的官员，说韩晃曾在湘西某地当"观察使"，为根绝当地蛊毒，在一温泉边建寺庙，请一懂药高僧主持，专治民间蛊毒。刻药方于石碑，使人人可见。药方倒简单，取当年五月初青桃，晒干皮碾末，二钱，盘螯末一钱，掺麦麸炒熟，再入生大戟末二钱，此三味药用米汤拌和，搓成如枣药丸，中蛊的人只用米汤吞服药丸一个，药到蛊除。他看到这里，心上一笑，放倒身子睡觉……

似乎刚入梦，又被惊醒。意识到自己既不在湘西，也不在床上，刚才恍惚所思只是他的灵魂出窍，对往昔的回忆。此刻他正孤零零站在一扇铁门里，随时要接受一次次的提审和询问。他透过铁门风门看外面的几只麻雀啾啾，急急啄食他投的馒头粒，又随时提防可能到来的攻击。是的，他每天投食给麻雀。他最初站在这扇门后的时候，并没有麻雀到门边来，好些日子都没有，更别说眼前这五只。世界静止如死，叫他害怕，叫他昼夜不安。他焦虑得想撞墙，又像被海水灭顶的泳者，本能挣破巨浪的压迫。

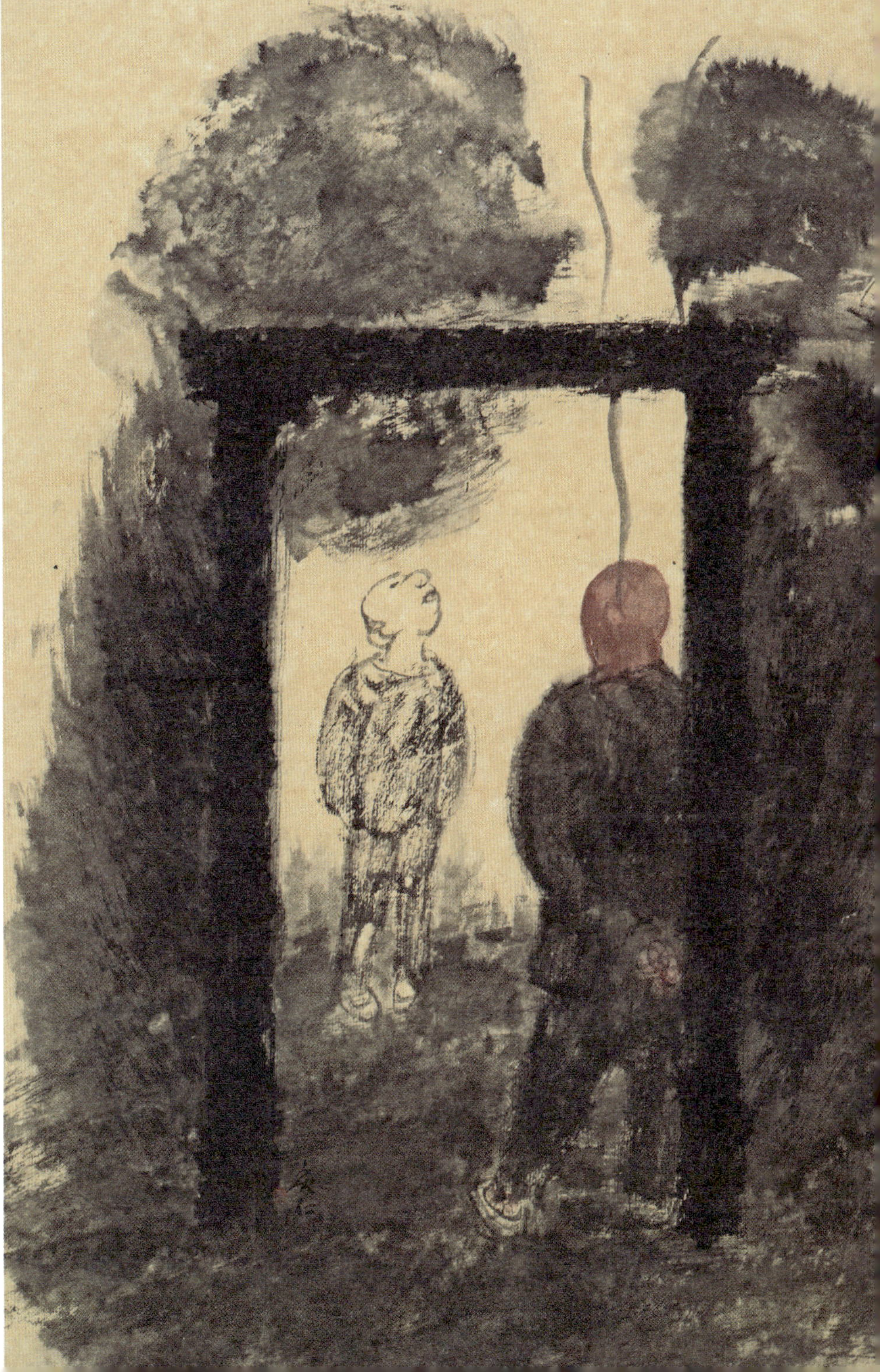

时而心灰意冷，时而又满怀希望。每天到饭点儿，会有两只碗从风门塞进来，两个馒头，一碗菜或汤。他只吃掉一个馒头，另一个他留着。他听见遥远的鸟鸣声，他站在铁门边，掰一块馒头，从风门投出去，鸟鸣声仍远，他再投一粒，再投。等啊等。直到一只麻雀飞来，叼走他的馒头，馒头粒太大，鸟飞上墙头，放下馒头粒，啄，再啄，咽下。

　　他细心把馒头粒掐得更小，自从第一只麻雀来，就有两只、三只、四只，最多一次是六只麻雀飞来铁门前。他发现麻雀也像人，有记忆，有性格，有聪明和不那么聪明的，有奸猾的也有本分的。他特别留心到其中的一只，体小，却格外灵活，总能最先抢到他的馒头粒，却从不张皇。

　　他每天既期待麻雀来，又厌恶麻雀来。厌恶麻雀的时候，他顺带也厌恶自己用馒头吸引麻雀，他想起遥远的放蛊的传说，觉得自己也是个放蛊的人，恶。他一边感谢麻雀分散了他的孤独和恐惧，也嘲笑麻雀为了口中食而被拘惑。

　　这天，铁门豁朗朗打开，豁朗朗的声音让他脆弱的神经惊吓到，又使他心中的希望像一团火陡然升腾。一束光如水般从铁门放进来，在地面上哗啦一声漫开，他觉得耀眼、惊怕又惊喜。他小心翼翼地把脚踏进那片明亮里，跃跃欲试，如孩子第一次学走路，迈出一步。

他被宣布离开这里。他在这里整整十个月。

他走出那扇铁门的时候，看见六只麻雀扑棱一声飞过高墙，飞过铁电网，瞬间消失在墙外。无影踪。

他慢慢走着，有了方向的脚步现出沉稳，虽然还有点儿不适应双腿的移动。他走得慢，直到双脚交替的和谐感又回来。

他站住，回头。这是十个月来他第一次从另一角度打量这间房子。

想起门里经历的一切，他觉得生命发生了变化，如蝉蜕。他想不管自己在人世还能活多久，但他前半生和后半生的划分，一定是从走出这扇门的这一刻区别的。

他慢慢走。渐行渐远。

《啄木鸟》2016 年 7 期

猎 人

耳畔碎银般明亮的鸟鸣声更璀璨了

我终于启动穿越鳌山登太白山的行程。但两天前,我却在途中崴了脚,像一辆瘪了胎的车,不得已滞留在猎人的木屋。驴友们把我托付给猎人时,说他们两天后会从大爷海返回,再接我下山,让我安心休养。我的脚踝肿得厉害,可猎人宽慰我说,等同伴回转来,你跑得会像山上的麋鹿一样快。

他采来草药,捣碎敷在我肿痛的脚腕上。他没说大话,当天下午,燃烧在我脚背上的火苗就跑掉大半。猎人说,睡一晚,明早醒来,如果你愿意,你就能跟着我去打猎了。

打猎?能猎到什么?

猎人咧嘴笑:你想要打到野鸡、山兔、羊鹿,还是狼?他的语气像是说,整座山都是他的花园,你想要剪一支玫瑰、月季,还是菊花,全凭你的心思啦。但我偏说,我早知道禁猎了,你能住在这山里,也是披着个猎人的名头,没准你是偷偷摸摸住在山里的,恐怕猎枪早被收了。我意外地看见猎人一改刚才的天真和得意,脸上现出那么羞涩的表情来,低头嘟哝:你说对了。野物少了,枪没了,我这个猎人也没了。我一时有揭了别人短处的不安,就宽慰猎人说:若是你还能套住一只野兔,我就很知足了。我们可以煨一锅汤,这两天一直没能好好吃东西。

但猎人在这天早上唯一做的事,就是用埋在火塘里的火种点燃一些劈碎的木柴,使火焰升起来,再在火上烧开水罐里的水,泡一壶浓浓的茶。猎人倒一碗茶给我,又递过一大块锅盔,把一碟咸盐和两根打蔫的青椒放在我俩之间。他在我的对面坐下,吃他那份和我一模一样的早餐。他坐在我对面,像我的镜子似的,我看他掰一小块锅盔探进茶碗里泡一泡,递进嘴巴,抿住嘴唇,吞下那块泡软了的饼。这样的动作反复几次后,就用手指撮过辣椒,咬开一小口,蘸点咸盐在开口处,放进嘴里再咬一小口。看着他手里那块锅盔小下去,再小下去,我确信这就是我能得到的早餐了。我喝掉茶,再倒一碗茶,然后学猎人的样子,吃我的早餐。

如果是在早先,我不止给你野兔汤,我该给你更好的吃食。

他的语气不是歉意,是平淡。

　　好点儿的吃食是什么呢?我本想问,又忍住了。好像那些朦胧的理由我也知晓。但山野寂静,我又从来没像现在这样清闲、无所事事过,就努力在我和这个寡言的猎人之间找话。我说:这锅盔我猜是你老婆烙的。猎人再次笑:这个我也会做,今早吃的倒是我老婆子烙的。猎人把烟锅在地上敲打两下,装进去碎烟叶,点上,说:老婆子在山下开饭馆,这个饼在店里卖得火。

猎人老婆开的小饭馆是政府用于搬迁的创业项目扶持。

要不我死活不下山的。猎人说，老婆子倒是喜欢山下，说人多，不用整天哑巴似的不说几句话；女儿前不久被温泉酒店招了工，老婆子的店，倒要雇一个工。她娘儿俩，担柴卖了买柴烧。

你呢，你一个人跑来这山上？我总想打探。猎人再次露出难为情的样子：我待在山下会身子疼、脑壳疼、骨头疼。帮不了老婆子的忙，还让她替我操心，惹她烦，就放我回山里住几天。住几天我再下去，撑不住的时候再上来。我这是吃喝等死呢。猎人又笑。

环顾简陋至极的木屋，沉吟说，如果能找一份适合你的工，你做不？在山下，一家三口能住在一起，你愿意不愿意？

猎人吃惊地看着我，张大嘴巴，你是说我能在山下打猎？山下除了人，鸡都见不到几只，还能打猎？

看来这哥们儿一心只在打猎上。我想起山下围栏开狩猎场的朋友，招徕城里人玩狩猎游戏，如果让这个真正的猎人在那里教习游客狩猎，打打那些家养的兔子、山鸡，不是让那些城里人玩的把戏有点真实感，顺便还把猎人给安置了？我为自己临时冒出来的机灵得意，就肯定地回答猎人，我能帮他找到打猎的营生。猎人笑，眼里完全是听笑话的表情。

吃过了饭，在我给他递到第三支烟的时候，他努嘴说要去"那边"割柴火。一条水流清澈的小河边，那堆成一堆堆的柴薪大概是我没到来前猎人的作为，是不是晒干了储备给他的冬天？也许是吧。猎人见我看那片灌木与藤草，指一下远处的那片松树林，说，树林去的人少，明年的菌子会长得大些密些。

我躺在一捆干草上晒太阳，在叮咚水声中朦胧睡去。醒来，又睡去。这天晚饭时分，我打开我的背包，倒出里面的瓶瓶罐罐，一一开启，在地上摆了一大片，我说我请客，晚饭不用做了。猎人也不谦让，从床下摸出一瓶酒，找来两只碗倒上，我们就坐下吃喝。只是吃喝。我再次体会到面对一个语言金贵的人，安静的可贵。我发现直到现在，猎人也没问过我的职业、我的家庭、我从哪里来这样的话。即便我说要帮他找到狩猎的差事，他也想不到对我做言语上的考察。我忽然领悟了这个猎人身上珍稀的沉静，这使他走出我心存假象的卑微，使他的样子在我心里明亮起来，可敬起来。

我在早上鸟雀的吵闹声中醒来，耳畔碎银般明亮的鸟鸣声更璀璨了，天光透过猎人没有窗帘的窗子照在我眼睛上，真是一个奇异的陌生的早上。我转动脚腕,不疼了,像是好了。

我想起昨晚的酒,肯定醉得彻底,因为我从未有过如此深沉的睡眠,这会儿脑子像是用清水洗过似的清亮。

你终于醒了。猎人站在门边看着我说,我都等你一个时辰了。你再不醒,菌子可要候老了。猎人看我在门前的河水里洗了手脸,做手势要我跟他走,说他有好东西招待我了。

我跟猎人走到一棵桦树后面,我先看见一棵巨大的菌子顶着露珠站在那里。围着那棵大菌子,一片大小相仿的小菌子侍从似的向四周铺开去。

猎人找来一堆干透的劈柴,再找来几片更细小的柴火,在离菌子三米的地方点燃那堆细柴火,引燃粗的柴火,而后等待柴火燃起来,慢慢燃尽,直至火焰消失,只剩下一堆红火炭。猎人走到那片菌子边,蹲下,从腰间抽出小刀片,把那棵最大的菌子齐根割下,托在刀片上,捧到那堆红碳上。一棵又一棵的菌子被这样捧到火炭上,猎人顺势用刀尖刨开菌子,随着"吱吱"叫声响起,一股清冽的香气升腾出来,向四周弥散,"吱吱"的叫声慢慢变小,菌子慢慢瘦小下去。猎人从怀里掏出一个纸包,倒出纸包里的盐和辣椒面,撒在菌子上。直到"吱吱"声最后消失,火炭从红变成黑灰。

随后我们吃掉了火炭上全部的菌子。我们踢起潮润的土,掩埋了灰烬,站起来。

　　太阳从桦树后面升腾起来,气象万千,美不能言。

《北京文学》2014 年 9 期

狩 猎

> 我看见在一片灯光音乐合成的喧闹中,
> 猎人腾跃、扑扒,再腾跃,再扑扒

"太白山龙凤大酒店"的老板是我朋友,西安城中著名的地产商人赵立柱。往上两代追溯,立柱的爷也是住在太白山里,靠山吃山,多数时候依靠捕猎为生的猎人。说起祖上,立柱的语气有理解和同情,更多是超越了祖宗的骄傲。

猎人不打猎那还叫猎人?再说不捕猎能活吗?山上冷,只能长点土豆,就算愿意顿顿吃土豆,土豆也不够吃,山里日子苦。立柱边说边摇头:晚上黑灯瞎火,说娱乐,怕就只剩夫妻间的那点事。你说寂寞不?无聊不?要是我住在山上,看不见我这些如花似玉的姑娘们,要不了一星期我就疯了。立柱摇晃他的大脑袋。幸好我祖宗有远见,下山早。我爷当年在宝鸡开骡马店,我现在在西安开发房地产,按说我这算是光宗耀祖了。你说我祖先要是没趁早下山,临到我这一代,这会儿才在政府的搬迁令中搬迁出来，我都不确定能不能遇到你这样的人帮我谋生。下山是对的，我是拥护政府的，住在山上干什么？山就留给你们这些吃饱了撑的要把精力耗在山上的"驴子"们。

一说"驴子"，赵立柱就兴奋，好像他就是一只追着驴子嗡嗡的虻子：我看你们自称"驴子"倒是合适，上山气喘吁吁的像驴子，汗水叭叭的像驴子，负重不敢放个响屁的样子像驴子，吃苦耐劳的样子像驴子。哎，驴子，你说你们玩什么鳌太穿越，还说面对山上那些再无希望得到应答的"寻人启事"会心生崇敬，你们是崇敬归于大山怀抱的人？你说你们是穿越山，其实你们只是当了山的一个过客罢了。我看着赵立柱的嘴唇翻动，体会夏虫不可语冰的无奈。那种前无古人后无来者悠然天地间的情感，怕也是只有"驴子"才能体会到的，不说也罢。

好在赵立柱转变了话题，一拍大脑袋：你推荐的那个猎人，真稀罕，你早该去看他，看我给他找的工作如何。立柱的胖手指点个不停，我可是对得起你这个朋友。立柱举杯，说，快点吃，晚上八点，开场第一个节目《狩猎》就是他演，那个节目是专门为他量身定做的，他是唯一的演员。

没把他安置在你的猎场啊？我问。

安置了,不出一周,他就让我的猎场破产了。立柱的话吓我一跳。

立柱摇头,他太较真,忘了那是游戏,也是生意,他给那些游客教习打猎技巧,还嫌打家养的小东西不过瘾,他扶着客人的枪管瞄准,一周就把我的小动物打光了。他也让自己失业了。我不是看在你面子上嘛,又给他找了新差事。你自己看去。

我到的时候离节目开演还有五分钟,我看见门口一个穿着兽皮短裙,头戴藤编帽,光着上半身,赤裸大腿胳膊的人正蹲在墙角低头捂脸、情绪激动地和人对抗。两个穿蓝色工装的青年一左一右,半威胁半劝慰地俯身和他说话。那弯在地上、埋在双腿间的脑袋总算抬了起来,我看清他的脸,尽管和我在山上见到的那个静默如石头,黑瘦有神采的猎人如此不同,但我还是一眼认出了他。他似乎胖了,也白了,像是一团在笨手妇人手里发坏了的酵面,有点涣散、有点松塌,但还是他,猎人。他看见我,吃了一惊的样子,随即立刻更深地俯下身子,用手指抠地面。两个年轻工作人员终于不再忍耐,呵斥道:再给爷泼烦,你干脆滚,等着替换你的人排着长队哩。

不知是否这话起了作用。猎人猛地站起来,往前一冲,奔到那条通往前台的木梯前,一转眼,就在拐角处消失了身

34

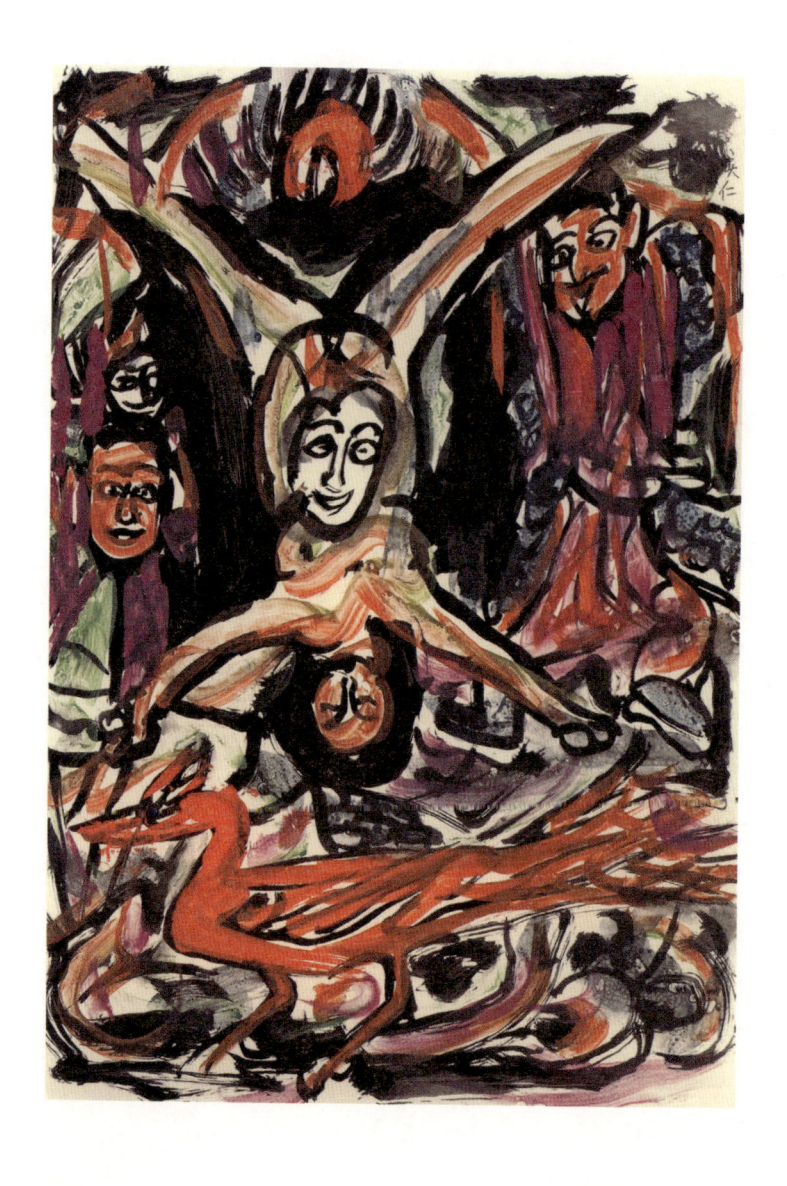

影。等我从前门摸黑找到我的座位,我看见在一片灯光音乐合成的喧闹中,猎人腾跃、扑扒、再腾跃、再扑扒。扭动身子,如戏台上模仿景阳冈上打虎的武松。但猎人接着就在舞台上不动了,像是初次上台忘了台词的演员,尴尬、焦急。惹得场下黑暗中爆发出那么大的哄笑声、口哨声。台子中央的身影依然无助站立,像是站在一个结满了冰的大湖上,不确定该向哪里踏脚才安全。只有舞台上的灯光和音乐依然挣扎努力,想要起死回生。总算喊醒了猎人,他似乎忽然想起来,接下来他该做出跟踪、瞄准、放枪的姿势了,于是他完成了这些动作,像一股忽然找到出口的风,呼一下,下了台。等我转到后台找猎人,见他捧着一个盒饭,埋头饭盒之上。刚才我在门口遇见的两个职员中的一个对我说,他每次都这样怯场,好像那几个简单动作能要他的命。我们早想把他辞了,奈何他是老板的穷亲戚,只能将就着。

　　我看着眼前人,忽然想起猎人在山上对我说,你再不醒来,林子里的菌子可要候老了。我也看见他把一朵朵蘑菇捧在刀片上托着走向火炭的情景……眼前猎人埋首吃盒饭的样子,和那个形象是一个人吗?我心里生出对猎人依稀的负疚感,但我的负疚感没能延续一分钟,就听见那个工作人员气哼哼地说，这里只有他是每场演出后就能拿到工钱的，一次一百元，除了他，谁能那样？他拿钱，却让我和他磨嘴受罪，我看当老板的穷亲戚，比啥都强。

正说着，就见后台走出一个背小皮包的女人，冲盒饭上的那张脸呼喊：嗨，你过来，领钱啦。猎人立即放下手上空了的饭盒，奔到女人跟前，搓着双手，像是要把手上不洁的东西搓掉，好去接一个格外干净的东西似的。等到接过那张钞票，他把钞票立即揣回怀里，但立即意识到这是多么的不安全，又取出来，在身上每一个他认为能够藏钱的地方藏一下，终于还是找不到一个真正放心的地方保存。最后他就把钱折成一个小小的方块，攥紧在手心。

我终于不再看下去，转身悄悄走掉。

《北京文学》2014 年 9 期

叶上花

> 水滴汇合在一起，成了一条水的线条，顺着她的手背，一滴滴地滴进泉池里

猎人的女儿叫立夏，19岁了。来到温泉的第一天就得了个绰号，竹竿。

汤峪镇凤凰温泉度假村开工建设是在前年春天，汤峪镇的青年男女那时就渴望能被度假村招工，那样他们将不再去遥远的广州和深圳。尤其那些在流水线上站得腰酸背疼的女孩，联想到故乡空气的新鲜，泉水的清澈，不费力气就虚拟出很多期待和美好来。但这些和立夏无关，她不久前随母亲从山上搬来汤峪镇，在母亲的小饭馆帮忙，她连收钱这事都还做不好，每次给客人找零，她都像是在课堂上回答老师的提问，要思考才有答案。好在她是那么的漂亮清爽，谁会对这样的姑娘不耐烦呢？来饭馆吃饭的，多是来旅游的外地人，外地人到这里，好像心情都变好。还有春风般的母亲店里店外奔走，似乎凭她一人，就能料理好饭馆里的一切。母亲的饭馆卖西府特色饭，岐山臊子面、扶风烙面皮、凤翔豆花泡馍，还有山里出产的凉拌菜，黄花、折耳根、木耳和叶上花。主食里烙馍卖得最好，母亲从不切那些烙馍，而是用手掰成块。母亲说用刀切，饼会留下刀的生铁味。立夏闻一下饼，似乎闻到了生铁的味道，但她相信，用手掰饼子，是母亲在山上过日子的痕迹。

小饭馆最让立夏开心的，是来吃饭的人看着简单的菜单，惊喜好奇地对她说，嗨，小姑娘，叶上花是什么东西啊？上一盘尝尝！

叶上花味道鲜美，却是太白山上最常见的一种野菜。早春，当地人在叶上花刚刚露芽，开花尚早的时候，就把叶上花的芽叶大量采摘回来。当然来不及都吃掉，于是就把叶上花铺在竹席上晾干，收集筹备起来，这样，一年四季就有叶上花吃。立夏每次听到"来一盘尝尝"的召唤，心里就快乐，仿佛饭馆里一连串的日子，就为等待这样的一声召唤而存在。

立夏没想到，一个在饭馆吃过"叶上花"的男人把她招到温泉度假村当女宾部的服务员了。母亲第一次看见穿着合适制服胸脯鼓鼓的立夏的时候，吓了一跳，仿佛那不是她的

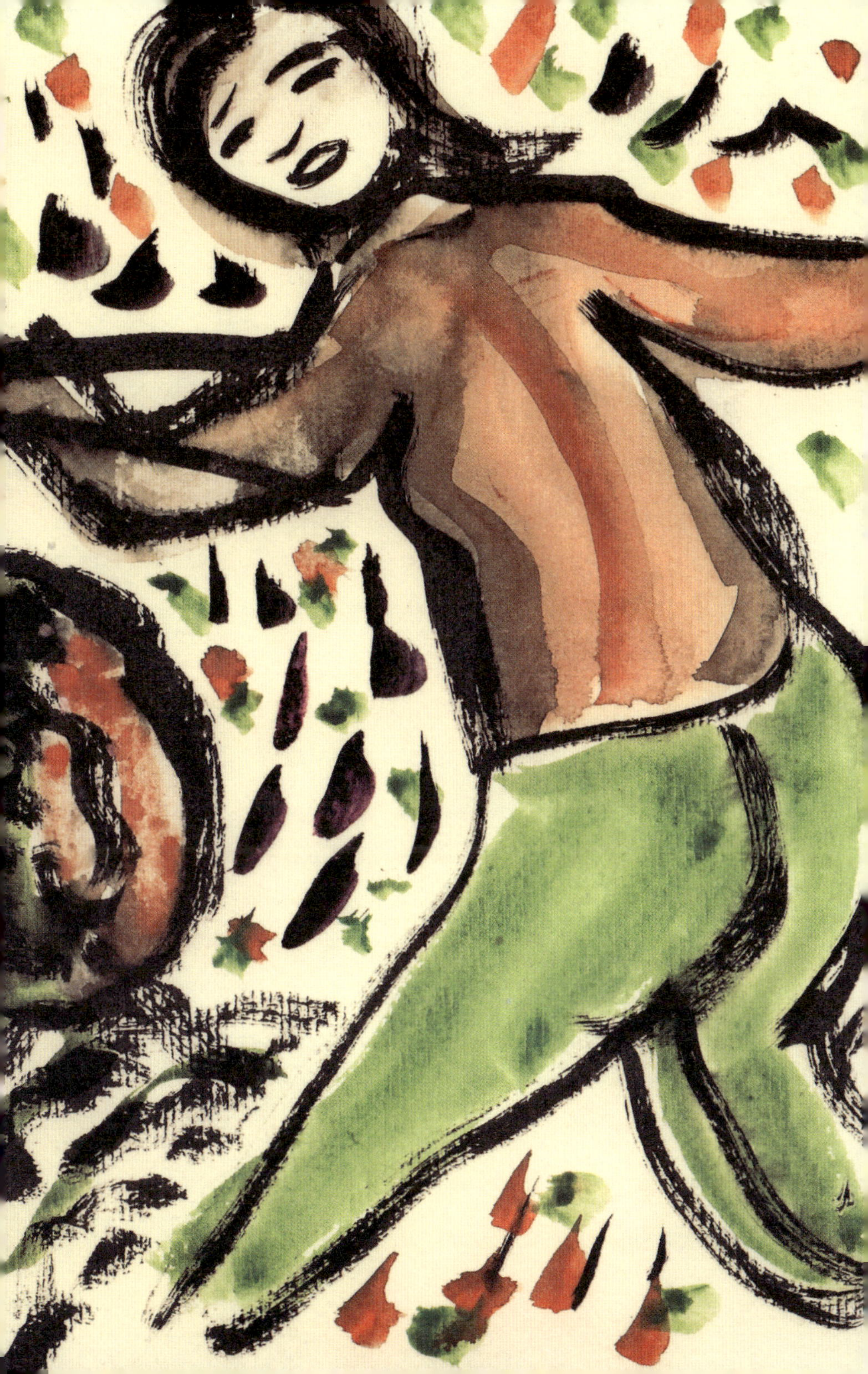

立夏，仿佛以前的立夏出门了，又来了一个新立夏。

身姿看上去那么妖娆的立夏内心却是僵硬的，长达三个月的上岗培训，别的姑娘都乐坏了、疯坏了，只有立夏是僵硬的，练习站姿和走路，立夏竟然把自己折腾得不会走路了。最后还是懂点心理学的女辅导老师想到立夏的僵硬是过度紧张，于是要求别的姑娘必须按辅导手册上的要求做，唯独立夏可以随心站立，这样立夏才终于能够再次站立。每个服务员每月都有两次享受泡温泉的福利，但上岗半年了，立夏一次也没下到水里去，她说她看见水头昏。别的姑娘笑她土气，最后才想到是立夏没法接受穿泳衣的自己。度假村最叫立夏快乐的事情是拔草，也叫垦荒。刚建成的度假村野性能量不散，泉池和建筑之外的地面总能在一夜间长出杂草，在人工草地没有栽种出之前，拔除野草是温泉小伙姑娘的劳动项目之一。别人不爱做的事，立夏喜欢，拔草的时候她会联想到在山上采摘叶上花的情景，趁人不注意，立夏会把被青草汁染绿的手指放在鼻尖深深地嗅，像她以前采摘叶上花时一样。

女宾部工作一天十小时，从女宾部到游泳池，再到山地露天温泉群，姑娘们在四个位置上轮岗，两个半小时换一个岗。这样，室内的姑娘不会长时间待在热气蒸腾的室内，室外的姑娘也能避免长时间待在阳光和风地里。

从游泳池到室外的温泉池就是男女混浴了，立夏只要看见男人在池子里，靠近泉池就是那么艰难的一项工作，身着游泳短裤的男客看在立夏眼里简直就是热泉的腾腾热气一样能灼伤眼睛。但她得忍着，她不想再有"竹竿"之外的别的绰号了，她不知道去掉"竹竿"的绰号还要费多少时间，她更加小心翼翼。小心翼翼地把被他们随便放置的毛巾折叠整齐放在架子上，只要客人的脚离开拖鞋，她就及时弯腰把两只拖鞋摆放在一条水平线上。要眼观六路，在客人离开汤池时及时递上毛巾，在他们要水时及时把水杯递上。立夏难堪别的姑娘能那么轻松灵活做到的事情，自己却不能。一但那种被蒸蒸热气灼伤的感觉散去，立夏就会出神，她笔直站立，交叉的双手贞静地紧贴在小腹前，看见她的人说她比竹竿还像竹竿。

把立夏从深长的梦幻中喊醒的，是一双清澈的少年的眼睛。少年和立夏差不多年纪，他默默的，有点调皮好奇，带着探究和琢磨地看她。他看她多久了？看见立夏的眼睛能够聚焦，少年那双眼睛似乎对立夏说话了：你想什么了？你醒了？

立夏的眼睛一眨、再一眨。她看见那双眼中的自己，这是她第一次看清下山之后的自己,她看见自己在那双眼睛中笑,又意识到是那双眼睛在笑。她心上一动,像山上那条小河在经历了一个冬天之后,在春风里哗啦醒来的样子,内心的响动催促她仓皇地走到了另一个泉池边,她假装不向他那边看。少年却喊她,几汪池水中都不见人,少年还是收敛着声音,低声喊立夏。少年说,请你给我递杯水来。他的低声使立夏感动,但立夏低头,像是双脚被缚住了,动弹不得,少年只好爬上泉池,自己过去接了杯水。走过立夏身边时,立夏的耳朵敏感地听到那个她喜欢的声音说,世上还有你这么羞涩的姑娘吗?而后,那个声音再没对她提过一个要求。立夏虽然站在远处,但心里是期盼那个嗓音对自己发命令的,她很想过去问他,是否还想要一杯水,但她的声音也似乎被缚住了,发不出声来。直到少年离开,她只得到他低低地一声谢谢。立夏想要很好地对他笑一下,但是她没能笑出来,于是他走了。

　　立夏低头站在那里,呆了很久,想,他为什么对她说谢谢呢?他身上的毛巾还是他自己走过去拿的;他喝的水,也是他自己接取的。

　　这一天,立夏再次站到她和少年相遇的泉池边,这一天和那一天的情景是那么相像,依然有一只蝴蝶眼看就要飞进泉池里了，蝴蝶忽然醒了似的折了一个方向，飞高了，飞远了。立夏不觉蹲下身子，把手探进泉水，在温泉工作这么久，还是第一次，她把一只手探进泉池里。她不确定泉水的温度是否合适，她忽然看见大滴的水珠落在她搁在膝盖上的另一只手上，吃了一惊。她看着那滴水，被一滴又一滴更大的水珠覆盖，水滴汇合在一起，成了一条水的线条，顺着她的手背，一滴滴地滴进泉池里。

　　立夏翻过手心，手心里立即积下一滴滴她的眼泪，她看着水珠一样的眼泪，那么的困惑，那么的茫然。

《北京文学》2014 年 9 期

惊 蛰

> 她要让带着自己手上温度的柔软的布鞋
> 去体贴赭石那双攀高走低的脚

春江水暖鸭先知。岸上的春天，定是猫先知道的。猫第一次叫春的时候和暖在心里笑话猫：真不知羞，几天的猫娃，就知道叫春了！

猫是秋天赭石从江北外婆家抱来的，抱来时猫刚满月，赭石说猫是老二，猫妈头胎生，共生了仨。"头虎二豹三猫四鼠"，这猫英武呢，就叫豹子算了！和暖就"豹子"、"豹子"地唤猫，猫从蒿窝窝里抬起黑亮的脑袋，黑眸子盯住和暖的眼睛，赞叹一般地叫："妙"！相见欢。猫与和暖似乎都很满意对方。

现在，这个家的成员是赭石、和暖，叫豹子的猫，和叫大白、二白、三白的三只鸭子。

转年的春天，赭石沿着门前那条弯弯的、开满黄的油菜花紫的苜蓿花的花间小径走了。和暖看扛着背包行囊的赭石走在花径上，心里忽然涌上难于言说的惆怅。她知道赭石要走到汉江边，过江，再等一趟长途车载了他到火车站，再坐上火车，到那个叫康城的地方，去那里的一个建筑队当工人。

赭石只让和暖送他到家门口。赭石说，这样我就能记住你站在咱家门口等我的样子了，和暖。两人间的话，赭石总是说得软软的柔柔的，赭石的话和暖总是爱听的，这也是她在一大堆求婚的男人中单挑了赭石的理由吧。

"咱们的好日子刚开始,晚一年再出去,行不？"和暖问赭石。

"迟早要出去的。年轻人都出去的。"赭石说。

"趁现在还没孩儿，攒点钱，等咱有了孩儿，我就不出去了。"赭石还说。

和暖想也对。流水镇那些外出打工的年轻人都把孩子托给老人看管，而她和赭石的父母都不在世上了。

和暖出神的工夫就看见赭石的身子在一个转弯处一晃，不见了。和暖一阵心跳、一阵心慌，然后脑子里空空的、心里空空的。和暖又在柑子树下站了吃完一碗饭的工夫，知道站在那里再也看不见赭石，就退回到院子里。和暖要给自己找点活儿干，来止住突然空出来的这片空虚，使这空虚不再延展，毕竟她的空虚是有甜美的企盼来填补的，毕竟她和赭

46

石共撑的这些日子是她想要的好日子呢。

大白二白三白在傍晚自觉归来，今天它们似乎也知道男主人外出不在家，没让女主人费一星唾沫就乖乖进了鸭棚。猫更是乖觉，猫在夜里该熄灯的时候跳上床尾，看了看和暖的脸色，见女主人没有喝斥自己的意思，就心安理得地把身子安置在那里了。和暖在夜里醒来，听着猫细细的呼吸声，感觉着脚底被猫身压着的分量，和暖会故意蹬一下腿，把猫蹬醒。偶尔月光入窗的夜晚，和暖看见月光在猫的黑毛衣上照出一片粼粼波光，禁不住在心里感叹一声：真是只俊猫啊。

现在，赭石走时开花的油菜结了饱满的籽，被和暖收获了、归仓了。在麦鸟一声紧似一声的叫唤声里，后坡的小麦也晒到院场上了。忙着收获的和暖除了干活、喂饱自己和猫鸭，就是把充满疲惫的身子再歇息过来，而一旦身体像吸足了水分的植物那样饱满舒展的时候，和暖会那么深那么狠地想念赭石。

日子如庄稼地，种下什么，随后是穿越季节的等待和盼望，等待生长，盼望收获。当风把后坡上的槲树叶吹红了的时候赭石还没有回来。和暖知道自己还要再等过一个季节，赭石回来会是临近年关。一年回来一次，流水镇外出的人总这样,就像候鸟。

和暖在冬至那天开始给赭石做鞋,和暖以往没有做鞋的经验,她和赭石的鞋都是赶集时在流水镇上的商店买来的。

但是这个冬天,和暖那么渴望给赭石做一双鞋,她依赭石的一双旧鞋剪出鞋样,她要全部手工做一双布鞋给赭石。和暖坐在炕上给赭石纳鞋,把她的想念密密缝进针脚。她算计好了,无论多精细的手工,中间有多少耽搁,鞋都会在腊月赶在赭石归来时做好。她要让带着自己手上温度的柔软的布鞋去体贴赭石那双攀高走低的脚。

一天早上醒来,和暖发现下雪了。下雪是流水镇的冬天罕见的,但是接下来雪天天下,一下就是很多天。这真是稀罕!和暖最初看见雪的欢喜慢慢变成了担忧,她担心大雪会阻隔赭石归来。那些天和暖天天看电视里的天气预报,得知康城也在下雪,和暖就忧愁就睡不着觉。康城的天气时好时坏,和暖的心情也时好时坏。尤其是做梦梦见赭石被堵在路上、前不着村后不着店的时候,和暖就会从梦中惊醒,醒了,就想赭石在外奔波,吃了很多的苦,自己没法分担,就自责、就落泪。

这个夜晚,和暖再次从梦中惊醒。伸腿蹬脚下的猫,发现猫不在。猫去哪里了？和暖从枕上抬头，同时隐约听见院墙上有响动，心上一惊，正疑虑间，就听见一声急促的猫叫，叫声惊得和暖在枕头上哆嗦了一下。猫分明是在叫春了，和先一次比，猫的叫声简直算嚎。

和暖慢慢推开木格方窗，想要唤猫回来，刚把一扇窗推开，猫冲着身后的灯光更大地嚎了一声。没等和暖喊出声，一道黑亮的光一闪，猫跳上了墙，在墙头稍作停留，随即翻身到墙那边去了。

和暖呆了一呆，就看清雪花，纷纷扬扬的雪花，在窗口泄出的那片光亮里，纷乱地舞。

《小小说选刊》2011 年 21 期

豹子和小白

> 朱奶奶那看不见的牌坊立在漩涡镇的某处，
> 立在人心里

和暖梦见丈夫赭石被积雪堵在半途，前不着村，后不着店，却被一声响动惊飞了梦境。枕上清醒，想到是猫。猫跑出去了。和暖伸腿蹬试脚下，确定猫不在床角。"豹子。"和暖喊猫，却只有风吹动窗外竹叶的细弱声息。

猫发情是在前几天，刚开始的时候叫唤得细声细气，似乎有点羞涩。这两天简直有点不管不顾了，躺在地上，难受得蹭腮帮子，跑到院子里的每一棵树后滋尿。和暖看着猫，想到了隔壁朱奶奶以及朱奶奶的猫小白。那可是只稳静的猫。和暖一边思索，一边向朱奶奶那边去，她要讨教朱奶奶，可有让猫安静的方子。

和暖走进朱奶奶大门，见朱奶奶正蹲在院子中间，在一面大铝盆中清洗一副猪心肺。朱奶奶动作细致，仿佛生怕哪个动作不到位会弄疼那副猪心肺,和暖站在那里联想,年轻时候的朱奶奶绣花,大概也是这么细腻。

小强快回来啦?和暖细声问,蹲下。看朱奶奶抬起那只拿软毛刷的右手擦眼睛:说是过五天到家。朱奶奶抬眼看天,天空是浅浅的蓝。和暖留心到朱奶奶的眼睛,幽暗深邃,黑眼眸清晰明亮,只是那里全无表情,更是从无笑意。那样的眼神给人错觉,仿佛眼前的朱奶奶不是73岁。

朱奶奶20岁嫁给长她10岁的朱爷爷,两年后朱爷爷死了,留下朱奶奶一个人住在这个院子里。一个人的朱奶奶把自己活成漩涡镇上的神话,有人议论,若是还兴立贞节牌坊,定有朱奶奶一个,只是旧的牌坊都积满了雀儿粪。朱奶奶那看不见的牌坊立在漩涡镇的某处,立在人心里,想看的人抬头低头都能见到。这样也过了51年。

20年前,朱奶奶在大门外捡起褴褛中沉睡的小强,她看田野白雪如被覆盖大地山梁,覆盖村庄和森林,冬小麦在白雪的被子下沉睡。朱奶奶把孩子抱在怀里的一瞬间孩子醒了,小嘴巴扭捏捕捉,却不哭,使朱奶奶心生柔情。她抱紧那个褴褛,退回到院子,把大门在身后关紧。

朱奶奶给孩子起名小强,把小强当儿子又当孙子地养起来。小强长得宽肩细腰，天庭饱满，有模有样。早先，朱奶奶看小强的脸，总要把村子里她见过的每个男人的脸在脑子里过一遍在心里端详一番，幻想小强的脸会和哪张脸重合，到头来朱奶奶还是未能得到一点启示。朱奶奶信佛，就把小强当成佛祖的恩赐，自此心生安妥。只是这小强一味贪玩，不爱学习，勉强到高中毕业，过了十九岁，就随外出的建筑队东莞打工去了。

和暖从朱奶奶那里得知小强是第五天到家，梦见丈夫赭石堵在半路的焦虑有一半落了地，一半还挂在胸口。她蹲在朱奶奶对面，看见朱奶奶总算对猪心肺的干净程度感到满意，站起来，把嘀嗒着明亮水珠的猪心肺挂到落净了叶子的石榴树枝上，才再次开口说话。

和暖说，猫……"猫"字刚出口，猛见朱奶奶的猫小白正蹲在石榴树后，看着树枝上嘀嗒着水珠的猪心肺出神。猫的表情让和暖无端联想到人，和暖听人说过朱奶奶的猫，活成精了，总不死，那么大年纪的猫，真是世上少有。和暖嫁到漩涡镇，第一次到隔壁朱奶奶家拜门，猫给和暖的印象就叫她诧异，猛看年轻，再看却老态龙钟，或者完全可以反过来说。总之这是只叫人心情恍惚的猫。让人看着猫的时候不由得发呆。

白 马
Baima

53

朱奶奶看和暖看猫，就说，不操心，小白不抢小强的吃食。小白像是听懂了朱奶奶的话，"喵"地一声应。猫的一声"喵"还没消失，和暖和朱奶奶同时看见和暖家的豹子"噌"地从朱奶奶大门边蹿过去，简直就像一道闪电。蹲着的小白立即弓起身，像是对那道闪电致意。

和暖猛不丁想，豹子夜里翻墙而过，是找朱奶奶的小白？和暖和朱奶奶同时看见小白正站在大门边，向豹子逃去的方向张望。小白的眼神此刻火星子一般明亮，小白的神情是羞涩甚至无邪的。小白在豹子刚刚停留过的地方一寸寸地闻嗅，像是要把豹子掉在地上的气味一点点捡拾起来。和暖和朱奶奶看着这样的小白，目瞪口呆。

和暖站在自家院子的时候，才想起忘了问朱奶奶让猫安静的法子了。

再一夜，和暖再次听见墙头响起豹子急促的叫声，惊得和暖在枕头上哆嗦了一下，豹子在嚎。猫的嚎叫里有种贪婪，有种绝望。

和暖想要走到窗前呼唤猫，她要用一条腌鱼安抚豹子，但她的一只脚还没探进鞋里，猫就跳过院墙，"噗"的一声，跌进一墙之隔的朱奶奶的院儿里去了。

朱奶奶的院子立即就响起了豹子的呼唤声。

猫的叫唤声里,朱奶奶拉亮了电灯,她看见白天仔细清洗出的猪心肺亮爽地悬在墙上。她算计过了,五天之后,这猪心肺会有种风干味道,把这点风干味道和了绿豆、红藕和芋头炖,是小强最欢喜的吃食。

听着和暖家的猫在门外叫,朱奶奶在心里笑了一下:你够不着,够不着的。

朱奶奶当然也想到了她的小白,有那么一瞬,朱奶奶的心思停顿在小白和豹子身上,但她还是把头安稳地陷进枕头,她没有听见小白的一丝声响。朱奶奶想,小白大概在某个地方,正为自己白天在豹子那里的表现纳闷哩。

小白胆小,小白你就是只稳静的猫。朱奶奶进入睡眠的昏黑,这是滞留在她意识中的稀薄影像。

《小说月刊》2015 年 12 期

有兔子的田野

> 阳光太烈，
> 短裙女像一只在火炭上滋滋叫着的活虾

把李大尔从深沉的睡眠中唤醒的，是鹧鸪的叫声。深山闻鹧鸪。诗境回归日常，李大尔一时有些恍惚，仿佛回到了小时候。他沉浸在久违的声色气味里，微闭眼睛，想把萦绕于耳畔鼻尖皮肤上的复杂奥妙在心里再做盘桓，但他在一片更近切的麻雀的蓬勃叫声中彻底清醒，他惊跳起来，环顾卧室，断定妻子早已起床离开。

李大尔的睡眠一向浅，他基本不用定闹钟，身体暗藏的生物钟自然会提醒他，但今天本想要起早，偏睡过头了。急慌慌洗刷收拾，一边想，妻子早到田里了吧。

李大尔赶到地头的时候，见一辆收割机已经开进麦田的深处，收割机的后面，无边田野出现了一条整齐的麦茬带子，麦秸归麦秸，麦粒是麦粒，真是干净利落，爽快无比，使李大尔大为感动。李大尔看见妻子站在田垄那棵老榆树下瞭望,像画中人。

眼前的景象使李大尔遐想,那些镰刀收割、连枷打麦的景象往后越来越少见了。机器解放了人的身体,这使忙碌在收获季节的人也能直起腰身,享受片刻闲暇,今年第一次不用弯腰弓背、躬耕垄亩的李大尔的妻子粟粉,在收麦的季节,在端午的前夕,额外多包了一篮粽子,把粽子吊进地窖冷藏,嘱咐李大尔返城的时候带给公司里的姑娘小伙子吃。粟粉嘱咐李大尔,一定要说:"是师娘用斛叶给你们包的红豆小米粽。"李大尔一边在心里笑粟粉小气,一边又觉得粟粉聪明,李大尔笑呵呵地说:"我不是他们的师傅,你咋就是师娘了?"

李大尔进城,注册了一家"一号农庄"文化旅游公司,李大尔说,像粟粉这样的庄户手艺人,未来都可能成为他签约的客户。比如粟粉手工包的粽子,完全可以进入物流,在网上出售,未来每个拥有物产,拥有手艺的人,既可以是买方,同时也可以是卖方。

李大尔回来帮粟粉收割麦子,但今年机器第一次进入他们村,机器在一个早上轻松完成的活儿以前李大尔要和粟粉躬身田地前后一个星期。李大尔再次肯定,中国以及整个的中国乡村眼下正发生着巨大的变化，人的思维方式，生活方式，贸易交流方式，都发生着几千年来没有过的变化，李大尔觉得自己就是一棵站在山脊上的树，最早闻见风雨的味道。

虽然他不能了然未来，但不管你承认不承认，变化已经发生，需要重新调整思维和行为方式。

李大尔站在田陇，把外面的广大世界和自己拥有几亩麦田的小小村庄思索一回。

回来收麦，却成了闲人。李大尔待在家里，外表安静，内心里却翻江倒海，他看粟粉把机器脱出的麦粒晾晒在打麦场上，不时搅翻麦粒，让麦粒干得快，干得匀。李大尔熟悉的这个动作也让他恍惚，他像一个思想家，游弋在关乎未来的预测里，他看着绵延的麦田，画笔勾勒般的山岭，森林从高处铺展下来，在淡蓝的江水边停驻，如此田园景象，一辈辈生活在这里的人，对日子的快慢不发一言，就这样，一日日，浸淫其间。

粟芬包的粽子还没等李大尔带回城，城里的姑娘小伙子却来了。端午放假么，他们干脆随老板去乡下，说要看老板的旧居，回归田园，寻找乡愁。李大尔在心里哈哈大笑。在苹果树下支起的饭桌上，一顿饭的工夫，粽子所剩寥寥。姑娘小伙一律夸赞栗芬的手艺，姐姐长姐姐短地搂着粟粉合影，逗得栗芬一时间心情豁然,炫耀般地把能拿出来的好东西都拿出来招待了客人。

吃饱喝足,姑娘小伙说要去田野体验割麦子。

李大尔只能嘱咐,当心手指,当心碰破了腿脚。小伙子还稳重,争闹着看谁割麦更专业。李芬只好取来去年收起的镰刀,让他们体验。

几个姑娘的打扮哪像割麦,鞋跟实在太高,去麦地已很扭捏,却说成是要亲亲麦子。脚下一扭三歪,走不了几步就忘了初衷,丢掉手上的镰刀,只在收割机收割过的地方做出各种夸张姿势,和麦田合影留念。小伙子呢,他们一小把一小把地抓麦子,割麦子,麦子割过,麦茬子似乎比收割机收割过的还要高。李大尔想,从前这样的农民是不合格的。这一代人,哪怕他们户籍还是农民,但他们不会种庄稼了,也不爱土地了。

李大尔在这种差别中再次思考。

高跟鞋的姑娘出现在麦茬地不美,重沉沉,不和谐。李大尔顺着栗芬的眼光看,觉得姑娘们的短裙也不合适。

李大尔提醒自己,哪怕是带着批评的眼光看,也不妥当,他索性把眼光从姑娘那里彻底撤开,但还是被一声惊呼拽过眼光。一个裙子勉强盖住屁股尖的姑娘走进麦田,扭腰撅臀,做出各种陶醉表情。这还不够,大概为了体现亲近麦子,她竟然坐在了麦茬地上,麦茬不是草地,于是李大尔听到一声惊呼。

阳光太烈,短裙女像一只在火炭上滋滋叫着的活虾。李大尔以为短裙女会站起来,但她真是豁出去了,她太高兴,或者太没心机,竟然呼叫李大尔过去为她拍照。

李大尔眼看着栗芬的眼睛里长出一把刀子来,拒绝不是,迎上去更不是。正不知如何是好,一只兔子窜出麦地,仓皇逃窜。

抓兔子!李大尔大喊一声,快速摆动起胖胳膊,完全是一副逮不住兔子不罢休的样子。

《百花园》2016 年 9 期

白 马
Baima 61

飞 行 器

爱使我们彼此发光、彼此照亮

11月晴朗的下午，明澈的天空吸引我到野外去。

从车库开车到杜陵原下，我只用了十五分钟。我把车停在一片摘掉了石榴的果园边上，步行穿过杜陵公园，向上走。

我向上的时候那条路上有人下来，有的独行，也有三两成群地打我身边过。

我慢慢向上走。这时我听见草丛中有嗡鸣声，仿佛有一只大黄蜂在那里振动翅膀。我倾耳聆听，却寂静了。要走时，那声音却再次响起，我寻声找去，看见一个手机躺在草丛中。我弯腰捡起，同时想，电话准是手机的主人打来的，但我按键接听时，对方却挂了。我查来电显示，却没有来电号码，我因此判断，对方不想在这个手机上显示出自己的号码。这使我为难。

我常听身边的人言说手机之于生活的重要，离开手机五分钟，心中都要不安。我担心这人也属于须臾离不开手机的人。

我站在原地，希望电话铃声再次响起，我将告诉他或者她，手机失落的方位，我会等失主返回拿走这个手机。

但是，手机寂静着。

我想我得翻翻手机，看看能否找到点线索。

如下，是我在手机上看到的全部内容。

我高兴认识了你，如此诗意、灵性、又激情深隐的一个人。"知音"是用滥了的一个词。其实真正遇到一个"知音"并不容易，人心遥远，沟通实际上极困难。遇到了就是幸运，真正的契合就是幸福。

..给提提 3月3日

你的感受和情绪，你的爱，都是最好的，我很珍惜。你的饱满丰沛自然的情感给我带来一份新异的情感体验。

我的生活按说幸福，精神独立，有愿意为之付出一生精力的事业，生活中有和美的我的妻女。但同时我的心里一直有一个空处。你的出现使我体会到这个空悬之处在哪里。我看着你的时候倍感奇妙：你几乎是从虚无中来，但是急骤、迅猛地抵达了那个空悬之处。

..给提提 3月15日

让我先向你检讨我自己，在你清澈晶莹如水流的情感面前检讨我自己。

　　我久已不用这样的方式言说。我的行动是肢体的行动，我的行为远离内心。但此刻，我真的温柔醇厚如浩淼之水。因为我看见了你，饱含激情泪水游动的鱼。是的，鱼的眼泪水能体会。也因为鱼的眼泪，水会重新打量它自身。你让我把我半生已逝的时光重放：我看到自己在来路上最初怀抱的梦想。现在，我感觉我的心被你的心贴住的温暖和充实。你真的是潜入我内心来了。这是你的能量。我同时感谢你。

..给提提　3月29日

　　现在我有了你。你的产生力量的爱和美，以及我们的完美契合与呼应，都叫我无比的欢欣，我想幸福就是这个样子的吧。也不是说在这之前我有多不幸，而是说幸福在幸福的疆土之上降临。这是我的福报，我感恩生活把你送来。送到我心里身边。

..给提提　4月15日

　　让我赞美你，这个在我眼里柔美至纯、热爱语词、心怀理想的女人。我爱她就像爱自己。爱使我们彼此发光、彼此照亮。因为爱，我们会成为茫茫宇宙间最璀灿的星体。

　　设计未来是必要的。试图按照心愿生活的人，都需要设计他们的未来。

　　有方向感的长旅虽然漫长，但它不会使行者迷失；只要走着，就能抵达。

　　我可能无法跟你相守，但是可以跟你相爱。因为在你之前，从没有一个人如此深入地进入过我的老灵魂。

..给提提　　4月28日

———

　　总体而言，人生是悲怆的。因为看透了生命的本相，我们更加需要设计生活，需要为心愿和理想努力进取。

　　从来没有救世主，要幸福全靠我们自己——没有比这更朴素更可靠的真理。

　　好女人并不怕老，好女人就像玉器，时光只会使她的心智和灵魂清明柔润。

　　请相信人世存有永恒之爱，它源于心，比生命长，深藏于尘世。

..给提提　　5月21日

———

　　你说你看见爱情在你心中投下的阴影。

　　情绪和兴致有时候很高，有时候会低，这也正常。女孩子嘛，你又那样的敏感。

　　不过，还是要往好处想，往宽处想。跟我们遇见以前比，现在我们遇见了，跟我们相知以前比，我们相知了。更重要的，是我们相爱了。这不是很好吗？乍暖还寒，但毕竟暖春已经到来。自然界寒冷的消退是必然的事情。我愿意你的心情好起来，我期待看见你快乐的样子。

..给提提　　5月28日

在禁中守望不是一种态度，是一种处境。我没有要禁"什么"，是"什么"在禁我。禁我的是一种良知，一种道德。在我感受到内心产生一种婚姻之外的爱情的时候，我真实地感到困难。

爱情需要一个容器，那个容器或许就是婚姻。我的困难在于我已经有了婚姻。有了家庭。

我是一辈子只想结一次婚的人，我的婚姻是我自己的选择，当年是我的爱的选择。现在成为我身体和内心的一部分。

婚姻的形式和家庭的内容跟我自由的天性独立的心灵发生的冲撞是我遭遇的困境和难题。我解决不了这个难题。

所以我形容为"在禁中守望"。

这是我的困境。

你的问让我觉得我应该约束自己。

因为，我越不过我的困境。

..给提提　6月3日

你说你看见我的矛盾，我的哀伤，你还说我的矛盾就是你的矛盾，我的哀伤就是你的哀伤，我的困境就是你的困境，你说我们找不出生活的错误。

你说你在这样的状态下能依然爱我是个奇迹。你说你是理解和懂我的人，我们心心相印，彼此契合。

我很高兴听你这么说。彼此理解与懂得。

让我称我的爱为我们的爱吧。我愿意给我们的爱一个好的居所，一个能让它不停生长时时新鲜的居所。

白 马
Baima

　　可是，这样的居所会是什么形式？走进那里我们需要这样的能量和智慧？

　　　　　　　　　　　　..给提提　　6月6日

———

　　愿意就我的理解跟亲爱的你讨论，讨论婚姻中的爱情。
　　人进入婚姻之门，爱就抽身离开。爱到了哪里？爱在找寻着爱。婚姻是一个容器，它盛装着一个男人和一个女人，也许还有一个他们结合而孕育和诞生的生命。
　　有床供他们安眠，有居所供他们休憩。有衣食供他们温饱。还有亲情的欢乐供给他们精神的养分。
　　但有激情的爱却离开了这个容器。啥时候离开的，它走掉时的脚步声没人听见过。
　　在人进入婚姻之门的时候，爱或许就要抽身离开。
　　或许也没有完全离开。爱就像飞行的鸟群，有时候会回到这个容器之中，去注视和观察这个容器里的男人、女人和他们的儿女。
　　爱就是飞行器，它有鸟的羽翼，有天使的面孔，有自由的意志。爱是造化之灵。
　　人在不明白爱，或者看不清爱的容颜的时候，会想当然地去规定它，约束甚至囚禁它。结果总是被挫败感打击。
　　于是争斗、讨伐、攻击甚至战争。就在婚姻的容器里发生、上演。
　　爱有时候也会休眠，在它感觉累的时候，陷入梦境，对现实一言不发。
　　但它可能在等待着精神丰沛的时刻，等待着被唤醒的时刻。
　　当它苏醒的时刻，就是她成为自由的精灵的时刻。

爱在找寻着爱，就是一个自由的精灵找寻着另一个自由的精灵。

..给提提　6月13日

　　认识你五个月，写信三个月零二十八天。你让我感觉贴心，感觉亲爱。感觉呼应和共鸣。所有的一切，在我看来，是自然而然。我握你的手，拥抱你，吻你。自然而然。

　　你的性感让我心跳和喜欢。你看我时的眼神，专注，充满温柔和爱意。我享受这温柔和爱意。

　　跟你在一起的日子是充满爱情的日子，是幸福的日子。虽然它短暂,但是我知道它会长久,因为它永驻我心。

你昨天留言让我回答你你能确信什么,我以我40年的人世阅历告诉你,你能确信的是我们的爱情。在我们尘世的岁月中,有爱情会留下来。这是能够被你把握的。

也是因为我有了40年人世的时光,我能帮你确证,有想念的日子是好的日子,有盼头的生活是安慰人心的生活。

但是,我们都要培养面对生活的平凡的耐心和持久的毅力。

因为生活终归是日常的。

..给提提 6月28日

短信息结束在这里。从三月到六月,在春天里发芽,生长,之后呢?是继续茁壮生长?还是悄然寂灭于岁月里?我不确定。我不知道手机的主人和这个叫提提的女人的爱情会走向哪里?我手捧手机,满心希望手机再次回到手机主人的手中,我希望手机铃声再次响起。

手机果然响了。我不等那边的问询响起,万分激动地说,我捡到了你的手机,我站在原地没动,我会等你返回拿走,只要你原路返回,你会看见我站在路边等你。

那边果然响起一个男人的声音,但是那声音说,你肯定已经知道这个手机对我的重要了。那么现在,我拜托你了仁兄,请你一定答应我,把手机的卡取出来,丢到无人能及的荒野,那个手机是真不错,如果你喜欢,留下做个纪念。纪念这个特别的下午。反正我是不打算返回去取回手机了。丢了就丢了。

嗨!嗨!喂——喂——我打算说服他拿回自己的手机,但是那边挂断了。

这使我很气馁,很愤怒。我独自站在那条曲折小路上,四顾茫然,心绪黯然,直到夕阳西下,旷野陷入灰暗,确信不会有人从这条路上返回取他的手机了。

我最后关掉那个手机,在原地呆立良久,我离开脚下的小路,走到野地深处,把手机深埋进一片开着雏菊的泥土里。

暗哑的永远不再发声的喉咙。

风从旷野吹来,我做如斯联想。

《延河》2012 年 6 期

谁说丽江是艳遇之城

我看见明亮月光使眼前的小路像一条河一样悠长婉转

我是第一次来丽江。这没什么大惊小怪,任何事情都有第一次。

知道我来丽江,风雅颂在电话那端发出嘎嘎的叫声,像一只母鸭子被一百只公鸭子追赶着。风雅颂大声质问我,你去那里干什么?渴望外遇吗?

对风雅颂的诘问我不发一言,我三十岁了,此前的经历足够我勘破人生。我不指望在人生的旅程上获得额外惊喜,更不奢望不期而遇的浪漫奇遇。生活是由无数小无聊堆砌的大无聊,还能指望什么?

可我走出机场的一瞬还是被丽江的风摇曳了心情,不得不承认,丽江的夜晚有点奇妙。

比如,你分明看见星星璀璨明亮,像是刚被切割师切出有58个切面的钻石，但同时你也看见云朵静伏在山顶上。机场外的第一口空气里，就混合着七种花朵的香，我深呼吸，到脚底。

客栈派来的司机能一眼认出我，叫我惊叹，他根据什么判断的？

走出十几步，就到车子边，让我由衷赞美丽江三义机场，大小恰合心意。

从机场拐出，一辆大车缓慢行驶于我们前面，大车上直立一棵大树，大树树冠庞然，让人遥想树的来处。

树杈挡住了我们超车的道路，我们尾随载大树的车，后面的车紧随我们的车。仿佛树是出嫁到城里的新娘，我们是送新娘的亲戚，要去吃树的宴席。

吃宴席的人心里怀着喜欢，怎能生气焦急呢？一点儿不急。我们跟在扑闪扑闪的树冠后边走，喵喵乐。此番经历此前从未有过，但也不用太惊诧。

我不信丽江是艳遇之城。连客栈派来的司机也不能把我送到客栈门口，他用唱一般说出的普通话对我讲，他必须把车停在古城南门，剩下的一段路只能走着去。

看见他拎着我的行礼虎步而行，我尾随他走在古城的夜

白 马
Baima

73

色里。我的步子被青石板的街路搓捏成莲花碎步,心里生出莲塘般的气息。但这些,和风雅颂的笑声有何关系呢。

我睡在一个没有车声的夜晚,我在枕上催人欲睡的太阳味里睡着了。屋檐上有星空,也有云朵,当然这些也不必太惊讶。

我走在彩云下,我露在屋檐重影外的左半边身子火辣辣的,高原通透的阳光在那里制造着灼热,我被屋檐重影遮蔽的右半边身子却像月光照耀的溪水一样清凉。

我就这样一边海水一边火焰地走在丽江的街巷里,左耳朵和左手的银饰光彩熠熠,裙子和鞋子上暗花朵朵。但这些和丽江是艳遇之城有什么关系呢?

我登上玉龙山山顶,闪闪发光的雪近在眼前,阳光铺天盖地,兜头而下,眼睛是难睁开的,但心里却是从未有过的光明敞亮。

我看见这个我站在另一个我的细细的影子上,身边的牌子提醒说,这是在海拔4680米的高度。

上去的人再下来,灵魂还是那个灵魂吗?我未来得及细想,耳边马蹄哒哒人欢歌,那是走马帮的人儿回来了。唱歌舞蹈吧,饮酒狂欢吧,醉就醉他个三天三夜吧。

陌生?陌上?陌上花开?我是被这里的阳光漂洗了?被

白 马
Baima

雪山水草漂洗了？被黝黑的皮肤漂洗了？被高亢的歌声漂洗了？被明亮的笑容漂洗了？我变得如此简单、单纯。

眼泪为什么会流下来，复杂怎会被简单战胜？

我听见我的眼泪跌下，滴在我贴放在蓝色扎染花裙上的手背上，但这依然和风雅颂的笑声无关。

这就是传说中的茶马古道吗？不比我想象中的宽，却比我想象中的曲折绵延，经过明月夜，走过短松岗，穿越明霞一般的杜鹃花林。

露珠染湿马鞍，马呢？是谁培养了马的灵性？是长路？背上的重负？是为它赶走蚊蝇的那双手？

我不懂马语，但身下的马似乎懂我，马带我上山下山，我只能喂马一捧玉米。滚下马背的一瞬，我对那只枣红马耳语，我说我也是人群中的一匹枣红马。枣红马嗅嗅我的手指，这使我的眼泪又差点掉下来。

拉市海和泸沽湖上，采海菜花姑娘的海菜腔把我的心唱飞啦，一半飞上天，跟着拉市海大雁的翅膀，越飞越高远。湖边耙地的妇人告诉我，大雁高飞是在试探风，它们启程远行的日子近了。

至于我心的另一半，就让它化成一滴无声透明的水，融进泸沽湖的蓝与绿、黄与粉,融进泸沽湖那我不能调色的湖色里吧,就是经历六道轮回我也依然义无反顾地选择融入。但这些,都和风雅颂的笑声无关。

在丽江的最后一夜,我走过大水车,走过四方街,走过木府,走过大石桥,依然像第一天到来时那样,就算无数次走过的一条街,依然不能准确地定位。但我一点儿不担心,也无须向谁问路,走来走去,总能走回去的。

我走啊走,直走到灯火消失,人声消失,身后的明快鼓点消失。我看见明亮月光使眼前的小路像一条河一样悠长婉转。

一个少年从路的尽头走来,像踩在流波之上,又像踩着鼓点,他是谁?为什么站在距我半根手指的地方止步?我看清他湖泊一样清澈的眸子,湖波静静照耀我,不发一言。

我忽然觉得他似曾相识,在哪里见过。是在茶马古道的某一段?是在雪山下观看《丽江印象》的时候?或者,他是湖上那个划猪漕船的少年的哥哥?又或者,他是篝火边跳锅庄舞的少年的弟弟?

少年抓住我的手,使我立刻觉得我被他抓紧的右手五指修长掌心柔软。他又伸出那只空闲的手,揽住我的腰,这让我的手找到方向似的有了依靠。夜色如此清凉,他华丽裘衣的腋下是这么的温暖惬意,我的呼吸吹动他坎肩上蓬松的绒毛,我看见圆明的月亮的脸,俯下来。越来越低。

越来越近。

《小说月刊》2014 年 . 5 期

保姆安苗和朱教授夫妇

这样的日子他们一过,眼看就过了一辈子

如果不是老伴得了膝关节滑膜炎,朱教授家里一定不用保姆,安苗就不会来到朱教授家。

朱教授一辈子的家务固定在为夫人摘菜以及洗茶杯这两件事情上,所以我们不能说朱教授不做家务。

但是,夫人忽然腿疼。去医院,医生说,慢性滑膜炎。嘱咐少站立,少行动,保守疗法,重要的是养。贴膏药,喝氨糖,静养。

这下,夫人没法去厨房了,一日三餐没人做了。朱教授一辈子食不厌精、脍不厌细,用朱教授儿女的话说,爸这人讲究得跟孔子似的。每顿饭菜要严格掌控数量,绝不能多做。剩饭菜朱教授是反感的,过多的饭菜摆在面前朱教授看着不欢喜。太少也不行,因为要保障摄入营养种类齐全,朱教授的话是,一个全面的菜最好,和菜。他希望有一个在舌尖上滋味明确，营养又相当全面的菜，看着悦目，食有滋味，在一个盘子里实现色香味气俱佳，以及营养的全面。这当然困难，你做一个试试，我学习。朱教授夫人偶尔和朱教授抬杠，这样说。说归说，下一顿她还是该煮煮，该炖炖，该炒炒。他辛苦，每天都是费脑子的事情，看着朱教授伏案的背影，朱教授夫人把门在朱教授身后轻轻关上，愉快地去厨房忙开了。

朱教授呢，他写书，写得顺利了，高兴，来陪妇人说几句话，把葱啊蒜啊姜啊土豆啊笋子啊，拿到客厅里去剥干净弄利索。朱教授的夫人最初是反对朱教授这样做的，说清清爽爽的客厅，被你弄出厨房的味道，要打理就在厨房。但是51年过去了，朱教授也没改过来。到了现在，教授夫人早放弃纠正的心思了，因为一辈子眼看快过完了，算了。

所以你看，训练了几十年，朱教授剥的葱姜蒜是那么的清鲜动人。推广到山药芋头，朱教授更不放心夫人去清理，你性子急，弄不好，剐皮又狠还沾染了泥。方法不对，朱教授说。

好吧，生活就是这样，男女是凹和凸，是阴和阳。一个行的地方，是放任另一个不行的。他们生来就是要互补的么。你看我，又不写一个字。我做菜，做饭，我饲养你朱教授。教授夫人乐意呢。

这样的日子他们一过，眼看就过了一辈子。

朱教授继续写他的书，朱教授的夫人还做她的饭，饲养朱教授。本来可以这样，为什么不可以一直这样呢？不是说，朱教授的夫人得了滑膜炎么，就是关节和关节之间磨损出了障碍，这是时间给人的灰，你都那么老了，不，我们都这么老了，磨损是肯定的。自从夫人腿出了问题，就格外敏感，对老啊衰啊损啊这些词格外不耳顺。朱教授赶紧改变说法，紧急修改，把单数变成复数。

朱教授和妇人当然有儿有女,但他们既不想跟儿子住,也不想跟女儿住,好说歹说,接过去不到一周,就不欢心,朱教授是觉得清静被打破,生活的秩序全乱,哪有他们单独住自在,夫人看着朱教授不欢心,恨不能赶紧搬回他们的宅子住。这样就一定得请保姆,朱教授夫妇都不想要保姆,尤其教授夫人激烈反对,那不等于承认自己老了,不行了吗?儿女们哄着朱教授的夫人开心,你赶紧好,你一好,进得厨房,上得厅堂,我们马上把保姆送走,现在找一个合适的保姆多难啊你们根本不知道,难得这保姆伶俐还能干,知足吧,感谢好命吧。女儿搂着朱教授妇人的脖子,您老看我忙不忙,心疼一下我,不要捣乱了行不行,将就将就,您一好,马上送保姆走。

我这就老了。朱教授的夫人长叹一声,让保姆先留下。

保姆叫安苗。二十三岁,比朱教授他们的孙女朱可以小三岁。

安苗没考上大学,朱教授就说,考大学也不是多了不得的。朱教授夫人就说,朱可以去英国读研,最初可是你的主意。

朱教授问安苗,谈恋爱了没有?朱教授的妇人马上接嘴,什么,阿苗多大啊,比我们的朱可以小三岁,就谈恋爱了,你说过朱可以三十岁找不到合适的不结婚你也不会反对。

朱教授给安苗讲解《道德经》，安苗问《道德经》是不是朱教授写的？喜得朱教授夫人看笑话。朱教授就把一本简体的、横排的《道德经》取给安苗读，说你读几遍，认不得字也不要紧，我给你讲，保证你听懂，这本书读懂了，别的书不读，也不要紧。

看见朱教授把葱姜蒜收拾得那么整齐，阿苗很感动，觉得朱教授既可敬又可爱。这么大的教授，这么有学问的人，咋还能干这个呀。她看见朱教授坐在客厅里，像打理一个战场那样有条理地收拾那些葱姜蒜，觉得自己像是在欣赏一幅画。安苗由衷地夸赞朱教授，想要找到最高级别夸赞朱教授的词，但苦于找不到，于是她说来说去，还是，朱爷爷，你太牛了，你牛人，牛教授，你很牛掰。

就听见嘭嘭嘭地敲击床头柜子的声音，自从朱教授夫人行动不便，朱教授就和夫人约定，夫人需要他做什么，不用呼叫，直接敲几下桌子、椅子，或者墙壁，他能听见，听见了，他就会立即赶去。

现在，朱教授的夫人敲击床头边的小柜子，被葱姜蒜占着手的朱教授赶紧嘱咐安苗过去询问，朱教授的夫人要安苗读书,朗读《道德经》。

安苗朗读,却总被不认得的字卡住。

客厅的朱教授就大声地予以提醒,纠正。使得那诵读声虽然磕绊依然能持续下去。

《浙江小小说》2016 年 1 期

夜 钓

> 我钓鱼，鱼钓去我的时间，
> 我生命中的那些永逝不再的夜晚

天热得狗卧树荫吐舌头。我在聒噪蝉鸣中想到一个好去处，只等下班出发。

忽然云遮骄阳，电闪雷鸣，雨大如天破。一支烟工夫，又见云退雨收，彩虹横空，夕阳熔金。

不迟疑，立即下楼出发。我的"马驹"携带风声，向水库去。雨并未散去空气中的闷，这样的天气夜钓，会有好收获。

我夜钓是带帐篷的，后半夜困倦了，有个安稳的地方睡。在后半夜的唧唧虫鸣中倒头就睡，其幸福感，没体会过的人不知道。在仲夏的夜梦中听大鱼水中扑通，在深秋的夜晚，听见鹤群从帐篷顶上飞过时抛下的几声鹤鸣，都让我分外感动，幸福到心生出一层薄薄的伤感。

我周围的人总以为我钓鱼是为了吃鱼。他们得到我钓鱼归来慷慨的赠予,以为我是收获过多需要有人来分享,其实我从来没吃过自己钓上来的鱼,钓鱼的夜晚已经让我足够幸福。

还有一个秘密,鱼上钩我开心,不上钩我也开心,但总是有鱼上钩的,就是这样。

这个夜晚也像以前那些夜钓的夜晚一样。扎好帐篷,放好护垫,我再选一处水域支稳我的钓竿。

等鱼上钩近似禅修,夜钓不单是眼睛看着漂子上的灯,凭耳朵听,凭手上的细微感觉,即使这样,世界喧嚣,又万籁俱寂,人融合其中,隐绰成世界的一小部分。暗昧不明,存在又等同于无。

是的,夜钓是我的禅修。

鱼在水面扑通一声是;夜鸟发出一声梦呓是;萤火虫擦肩飞过是,后半夜被露珠沉重了翅膀飞不动也是;一颗流星坠落山脊线那边是……都是我的禅修,这星空下,这群山间的夜钓,这从春到秋可能偶尔出现在我的日程上的行为,都是我在人世的修行。

夜钓,也被鱼钓。我钓鱼,鱼钓去我的时间,我生命中的那些永逝不再的夜晚。

后半夜,我都会爬进帐篷睡觉,天亮前醒来,返回城里,看见眼前车水马龙,仿佛离开很久,有一种被刷新的微妙感。

86

今夜，我也是在后半夜爬进帐篷里睡的。似乎睡下很久，又仿佛刚睡下，在一片朦胧中听见人语声。

支起耳朵听，四野虫鸣四溢，人声无踪，以为听错，躺下，声音再响起，贴着地皮水面，被草丛阻隔遮蔽，戚戚戚戚，切切切切，似有若无，陌生怪异。我再次抬头，又似乎无声。我沉声问：谁在那边？搭个话！

过一会儿说：我们是捕虾的。

看来是两个人，我答，我钓鱼，一个人。

那边悉悉索索，试探问：要不要过来，一起吃点儿东西？

一束手电灯的光打过来，我赶紧说，你关灯，我有灯。

过去，遇见一对夫妇，说住在里面村子。我说以前我来这边，怎就没遇上过，他们说，他们不久前才从城市返乡，以前在深圳打工，年前工厂裁员，索性两口子都回来了，回来老家这边正搞旅游开发，他们就收拾了老家的房子，开了农家乐，生意时热时冷，收入虽不如在外面打工稳定，但住的宽展，空气又好，索性暂时先这样过，天热，来农家乐的人多，这个野生虾买得火。他们说，他们隔三岔五地来这里捕捞点，白天买，价钱高。

女人把一个蒙着树叶的竹篮提来，揭开，递给我吃的，是水煮的洋芋和嫩玉米,说都是他们今年刚好赶上种收的,又递过几个青苹果,说是早熟苹果,下午那阵大雨打落的,你尝新。

女人在竹席四角点燃艾绳,使蚊子不能靠拢,这个方法倒比我的帐篷畅快。问他们在深圳的活儿,是在工厂加工电子表的零件,一样的动作重复三年,零件有几个纹路都清晰在心,但从来没见过他们手中零件构成一个完整的手表的样子。我说是技术活儿,男人说,离开工厂的那台机器这技术就没用了,一点用处都没有。他在幽暗中笑,现在炒菜还要从头学起。又说,伺候庄稼也不擅长。女人跟着笑,擅长也弄不出金子。

说来说去,还是眼下这个农家乐赚钱快点,土地么,退耕还林之外,余下的一点,只够种个菜啊调料啊,本身是农民,面粉倒要去买,农民不像个农民。女人想要使她的话里透出幽默。她说她的计划就是把农家乐开起来,真要开起来了,就在故乡扎根,若是规模大了,她就去学炒菜,要超出现在的这个水平,要高出很多,这样才像做生意的。现在做饭,太平常随意,像是给自己吃,像是给家人吃,就是不像生意,太家常。

生意是什么呢?我觉得有趣,就问她。

生意嘛,女人想要找一个词描述她认为的生意,但是没找到。于是说了一句最平常的话,她说,要能赚钱。这回答完全对,但她忽然沉默了。朦胧中我看不清眼前这个女人的脸面,只有轮廓在初七八的星月下隐约,这朦胧恰使这个夜晚被记住。我询问他们家的具体方位,说周末带朋友去吃饭。互道晚安,我回到自己的帐篷。

我在黎明醒来,见他们已经离开。我收拾帐篷,返城。

《中学生阅读》2016 年 10 期

佛手花

九婆的门口出现了一朵鲜艳的佛手花

给九婆婆最好的葬礼，就是收集一百个男女婴儿的哭声，来为她送行。

果子沟的人没有止步在这个浪漫的想法中，他们想到就即刻去做。当黑黢黢的送葬队伍跟随新生婴儿此起彼伏的哭声行进时，死亡的阴影暗淡了。

送葬的人偶尔抬头望天，似乎能透过天上薄云，看见九婆婆沧桑的老脸上，展露出有点甜蜜有点羞涩的笑容。

如果你那天恰巧路过果子沟，目睹了那场葬礼，你一定会感到惊讶，也感到欣慰，你会觉得死亡也是件温暖的事情。

不知生，焉知死，说九婆婆的死，得先从她活着的时候说起。

定格在我记忆里的九婆婆的脸，一开始就是老的。她像童话里的"灵人"，从出生到死亡，容颜都不会被时间改变。

在我八岁的那个早上之前，我还不知道九婆婆，尽管她在那个桦树掩映的矮屋里活过了无数日月。

那天早上醒来，我的眼睛莫名的红肿，我艰难看天，天成了一条灰白的窄缝，我娘看了我的眼睛一眼，决绝地抓起我的手，说，去给九婆婆瞧瞧。

第一次，我走近那间矮屋，仿佛此前它并不存在似的，久婆婆枯瘦的手指搭上我的眼睑，掰开我那只红肿的眼睛。

她俯在我眼前的脸，苍白，枯瘦，像是童话中的巫婆，叫我害怕。她的目光盯进我的眼睛深处，像带着火苗子，我感到我的眼底深处一阵刺疼。

九婆婆松开了手，合上我的眼睑，对着我的眼皮吹一口气，对我娘轻描淡写地说，不要紧，回去别吭声，把大门拐角的那张蛛网挑破了，就好了。

我娘拽着我的手退出来，嘴上诺诺地应着。时至今日，我忘了蛛网的事，只记得转天我的眼睛就黑白分明了。一个拥有黑白分明眼睛的少年，哪里还有闲心管别的！

九婆婆再次现身我的生活是一个秋天，隔壁最疼我的二娘要生弟弟了。"弟弟"是奶奶预言的，后来"弟弟"在二娘肚子里转胎成了"妹妹"，使奶奶很不好意思，她无奈地叹息，说九婆婆"滑头"。

按奶奶的说法，九婆婆早都知道是女孩，因为盼孙子心切，奶奶曾两次请教过九婆婆。

九婆婆像个得道高人，说，男孩女孩都是王母娘娘的好孩儿。奶奶说，她竟然天真地幻想过九婆婆的话，以为九婆婆暗示她是双胞胎。

"妹妹"就是九婆婆给接到这个世上的，二娘生孩子，我碰巧赶上，尽管被赶在大门外，但二娘的呼喊声把那个春天果子沟的花朵都震毁了。

提前凋零的花朵暗示我一个道理，出生是和死亡同样可怕的事。

当二娘的嘶喊声弱下去，一声新生儿的哭声嘹亮地响起时，我感到太阳的明亮慢慢来到眼前。

我那时暗下决心，一定要在那个明亮的、馨香的二娘走到我跟前时对她说，再也不准你生孩子了。

我后来真的和二娘说过这话，她笑眯眯地说，不生孩子，那还是女人吗？二娘肯定没听进我的话，因为转年她又生了，是男孩，还是九婆婆为她接生。

这次我看见九婆婆坐在二娘家的苦楝树下，手里端着一

白 马
Baima 93

个海碗，碗里盛满小土豆一样的荷包蛋。

一个又一个，九婆婆从容享受她得到的馈赠，十分满足，十分安静。使我羡慕无比。

奶奶说，在我们这一代前，果子沟的孩子无一不是经九婆婆的手接到这个世上来的。

传说她接生手艺高超，再难产的孩子，她都有对付他们的高招。而九婆婆给狐狸接生的传说，把她接生的传奇演绎到了最高点。

一个月黑风高的夜晚，九婆婆被一阵急促的敲门声惊醒，来人低低地挑着灯笼，恭请九婆婆出趟门，烦劳为他的主人接生。

接生的召唤在九婆婆那里，就像战士听见号角响，她立即就出门了。走到门外才想到忘了带那个接生的布包，但迎接她的人说，不必带任何东西，家里都准备好了，路途遥远，得烦劳九婆婆坐进轿子里。

接生大半辈子，九婆婆还没坐过轿子，她想不到谁家有这么远，需要坐轿子，看来真是事情急迫。

九婆婆被叮咛要紧闭双眼，之后只感到一阵昏晕，清醒过来已经身在一片明亮灯光中了，向女人双腿间看一眼，九婆婆禁不住喊了声"菩萨"。

据九婆婆事后回忆,那个孩子几乎是在母亲的肚子里劈腿站立的,那能生得下来吗?

接生无数的九婆婆放开手段,她一会儿温柔地顶住婴儿的脚,慢慢向回送,直到婴儿的两只脚平缩回去;她一会儿托住产妇的臀帮助婴儿翻转,直到迷路的孩子找到顺利的出口。

孩子的哭声是九婆婆最大的慰藉,九婆婆从梦境般的虚幻中走出来,迷迷瞪瞪,再次看见那个接她的人挽一个布包出来,千恩万谢地说要送九婆婆回家。

临出门前九婆婆鬼使神差地在那家的大门口按了一个手印。传说后来有好事者一路寻觅九婆婆的手印,竟然真的找到了,但那不是什么大户人家,是一座高坟。

九婆婆打开那个布包,里面是一件做工精良的华丽衣衫,九婆婆一辈子都没穿过那么好的衣服。衣服合身合体,简直就是为九婆婆量身定做的。

转天,九婆婆的门口出现了一朵鲜艳的佛手花。果子沟的人都是善良人,再也没人去找那个手印,而是相信了现实的美好。

很多年过去了。果子沟九婆婆接生过的一代代人,全都接受选择了新生法,产妇临产时,都早早地去医院候着。

有个性急的女人和丈夫吵架后生气回家了,刚到家门口,就哭爹喊娘的要生产,眼看返回医院是来不及了,就这样把自己送到了九婆婆手里。

那时的九婆婆已经非常虚弱,她出门都得坐在一把竹椅上被晚辈抬着去门口晒晒太阳。但这个"来不及"的女人需要九婆婆,因为那个已经要出来的孩子不能退回去了。

九婆婆说她那天是魂魄返照,她竟然能坐起来,还能清醒地嘱咐身边跟过来的儿媳赶紧烧开水,煮剪刀煮盆子煮床单。果子沟有史以来最匆忙的一次接生竟被九婆婆演绎成了最后的一个传奇。

那个被九婆婆接到人世的孩子用响亮的哭声给世界报到,鸣谢九婆婆。九婆婆说,这个孩子是来报答她的,这孩子就是一朵佛手花。

往事沉寂,只有回到故乡,才能回到忆旧的情景里。今年春节回老家,听说我们的九婆婆去逝了。听到消息是除夕夜,冷冷的星光下,恍惚觉得村子的历史折了一角。

在那个折角处,我听说了那场别样的葬礼,使历史呈现感人的暖色。我还听说,在把九婆婆送上山的第四十九天,果子沟的逝者,将再也不能埋进土里,要一律实行火葬。往后,果子沟人的生与死,都彻底和以前不一样了。

说到底,九婆婆是个吉祥的人。

《小说月刊》2014年6期

归 心

> 他闻见青草的味道，
> 以及原野上庄稼的芬芳

将军是从小兵一岁岁长成将军的。将军叱咤风云，将军也会战死疆场。

这一次，战争从午后到黄昏，直到炮火停歇，子弹尽绝，尖刀失刃，将军和兵所在的山包折去一半。将军百战死。将军醒来，还活着。

将军强撑开眼皮，看见血在月光下流淌，像暗色的河。将军艰难地站起，这战场上最后的孤独士兵此刻四顾茫然。将军扬起大氅，把战死的兵覆盖，将军真盼此刻能落一场盖地大雪，盖住他目光所及的每一寸土地，盖住所有。

他伸出左臂，那里有一个黑黑的洞眼，从他身体里流逝的血再也无力流动。

流逝的血肯定带走了将军身体里的一些东西，也把毒与燥带走,所以此刻的他感到清凉来到身体里,纵然虚弱,却能站起。将军站在那里,像一片轻薄的破布,随时可以跟一阵风飘走。

将军步履艰难地向山下走去,每踏出一个脚印,就有一些东西死去、一些东西新生,死亡与复活同时出现,不可思议。

这天正午,一个农妇坐在自家田边的一棵柳树下,正准备喝掉罐子里的粥,那是她早上带到田边的午餐。她只有这点食物填充饥肠,连年的战争使日子越发凄苦。她的丈夫出去打仗很多年了,她都不知道他是死了还是活着。

她确信只要种好地里的庄稼,庄稼的香气就会牵引出征的人的归心。晨起理荒秽,带月荷锄归。"假使收成好一些……"农妇捧起饭罐,这样想,顺带向远处看一眼。

她看见一片破布,像一片灰色的云,从田间那条土路上向自己移过来,使她惊讶。

等再近些,当她看清那是个十分虚弱的伤残的人的形状时,她吃一大惊,差点弄翻手上的罐子。她放稳罐子,站起来,伸长脖子,直到那片灰云靠近自己。等确信那是个几乎失掉人形的孱弱的人时,农妇不觉伸出了手臂。

她搀扶那人坐下,她张着两只手,不知能做什么,最后她想起她的罐子。她把罐子捧起来,递到那人嘴边,看他十分艰难又十分贪婪地把粥喝个精光。尽管那张脏污的脸上的表情模糊,农妇依然能看懂,那是对饭香和粮食的由衷赞美。

把一个空空的饭罐交回农妇手中,带着无法报偿的歉意,以及获得食物的满足,将军忆起自己几乎有二十年没喝过那

样香甜的粥了。他在一碗粥前把久已遗失的童年一并回想，他就是从这般相似的乡间一路走远，越走越远，直到他忘了自己从哪里来。

　　回忆使他动容，他的眼泪如雨点坠落，越流越多，越流越急，他已经很久没掉过眼泪了。死亡都不能使他掉一滴眼泪，可现在，他的眼泪急雨般坠落。

　　农妇见眼前这个像受了天大冤屈的男孩般哭泣的男人，心里惊慌，她不知该如何劝慰这个哭泣的人，她看见他脸上肆意奔流的黑色的眼泪，像沙尘之后的雨水。农妇不知所措，只好任由他哭泣，直到看见他的眼泪变得清亮，直到那些清亮的水珠不再从他的眼睛里掉下来。

　　将军觉得自己失掉最后的一丝力气了，在这个温和寡言的农妇面前。他似乎睡去了，却突然惊醒来，抬头看时，看见一只蜜蜂嗡嗡叫着，在农妇的鬓边盘旋。

　　那嗡嗡的声音像一曲魔力无边的催眠曲，使他醺醺倒下，深沉睡去。

　　将军再次醒来，农妇早已不见，四野一片寂静。将军觉得清明回到他的眼睛里，像是刚才的眼泪排尽他眼睛里的毒素。睡眠使他恢复了气力。将军再次上路。

他遇见一个在路边割草的小孩，小孩看见他，向他奔来，如找不到家的小狗终于寻觅到主人，不肯再离去。小孩羞涩却又那么执拗地跟在将军的后边，他停下，他也停下，他走，也也跟着走。

将军不得不停下来，温和地寻问小男孩：你这是要跟我去哪里呢？我都不知我要去哪里。你有妈妈吧，我都不知我妈还在不在世上。将军听见自己的声音，吓了一跳。

这温暖慈爱的声音是自己的吗？那个一贯叱咤风云的声音，以刚强、决断、冷硬使兵士唯命是从，使敌人胆寒的声音去了哪里？但他温暖的声音使男孩靠他更近。现在男孩牵着他的衣襟，这使将军不得不俯下身，因为即便在孱弱的他面前，男孩依然是瘦弱矮小的。

见将军低下身，男孩索性依偎进将军的脖子，这让将军困惑、陌生、又心生说不出的甜蜜。男孩用小嘴去亲昵将军的脖子，将军听清男孩的声音，他说，他闻见爸爸的气味了。男孩深深吸嗅将军的脖子，男孩的每一口呼吸都增加将军心里的迷醉。将军索性坐下，用他那只完好的手臂挽住了男孩子的腰臀，将军抱孩子入怀，平生第一次做这个动作，却也可以自然温情，使他自己都觉吃惊。

现在，男孩的头枕在将军的大腿上，他的呼吸像微风，吹过将军的心野，在那里的每个角落游荡，又返回到了眼前无边的原野上。

将军不觉握住男孩的一只手，那只手早已松开他割草的镰刀，现在是那么的乖巧柔软。将军把孩子的手放到鼻子前闻嗅，他闻见青草的味道，以及原野上庄稼的芬芳。

《小说月刊》2014年 10期

佛 前

> 佛看过千千万万人，佛已沧桑

佛 诞

造佛者把佛造在高崖上。佛诞生。

现在站在佛的角度俯瞰，一条隐约的小径从戈壁深处蜿蜒而来，沿小路走来的人走到佛前，都要停驻，仰望高处，眼前明媚，心里敞亮，见佛欣喜。像远航的船终于驶进码头。停泊，歇息。

后来者站在佛前，向大漠深处那条依稀的小径凝望，遥想造佛者的初衷，也许那时他刚从荒漠走出来，抬头看见眼前崖壁上，佛光显现，他看见佛，于是他按眼前所见，心中所想，造了这尊佛。什么是有，什么是无？无有，有无。无中生有，有消于无。色即是空，空即是色。

旅 人

你看，那空空的天空下，遥遥的天际边，由无到有，由远及近，从小到大，渐渐临近，越来越近，直到眼前的是谁？骆驼。当然是一队骆驼。那个骑在前面高大骆驼上的青年，虽然尘沙满面，疲惫不堪，但当风的手指拂干净他脸上身上的沙尘，就露出他华服的干净和鲜亮，以及他眉眼间沙尘也掩不住的俊朗。他从汉地来，他去了遥远的异域，虽九死一生，却仍心怀着对爱人如初的爱情以及家园的念想。归去——回到爱人怀抱——这是他没有迷失的唯一原因。在风餐露宿的日子即将结束的这个月圆风定的夜，裹在花色曼妙的毯子里，他梦见一个声音对他说话。梦中听到的话在醒来的一瞬全忘掉了，但他记得自己在梦中的承诺：此去二百里，逢红色山，造佛像一座。

在接下来的一个停歇里，他看见一座山，使他忆起梦里的诺言，想起梦中的那个声音：须弥芥子。他要造的佛像在心中清晰，甚至他自己仿佛立即有了造佛的手艺似的，嘱咐工匠如此如彼。佛诞生了。佛双肩圆润，双眼微垂，双手置膝，跏趺于青莲之上。他在陌生工匠的手艺里，在佛隐着笑意，含着秘密却秘而不宣的嘴角，依稀联想到爱人的嘴唇。他心里一惊，又暗自甜蜜。

她

起风了。总是刮风。她看他,他眯着眼睛看远处,她就很想开一句玩笑,她说,难怪你的睫毛这么密,像美丽的栅栏,原来是要挡住风。她还想说,你的睫毛这么卷曲好看,原来是仰仗着风的吹拂。话到嘴边她又忍住,觉得一个好看的男人被爱他的女人夸赞,于这个男人和女人,都无甚大趣味。

她抿住唇边的话,赞美却随眼波流出来,任笨蛋都能看懂。她正爱着眼前这个男人。他也应该是爱她的。要不,他们干吗千里迢迢地见面。她把围巾戴在头顶,说,难怪这里的女人都爱戴一顶头巾,真是不在此地生活,不知道围巾之于日子的意味。围巾挡住风的手,也使她的容颜在他面前半遮半掩。她当然愿意在他眼里永远美丽,希望有长久的朦胧美感。她耿耿于她在他面前的"老",却常常忘情,小女孩般撒娇于他。但她又复杂,复杂到她说不清,他难理解。那时她也气馁,怀疑自己,她这是在和爱纠缠?和他纠缠?还是和自己纠缠?她希望对他的爱焦距准确,有清晰的质地。但如何能够?她自问,却无答案。

他们自然不能时时在一起,这让她偶尔崩溃,现实提醒他们这越位的爱的尴尬。但两个彼此吸引的人总有见的可能。

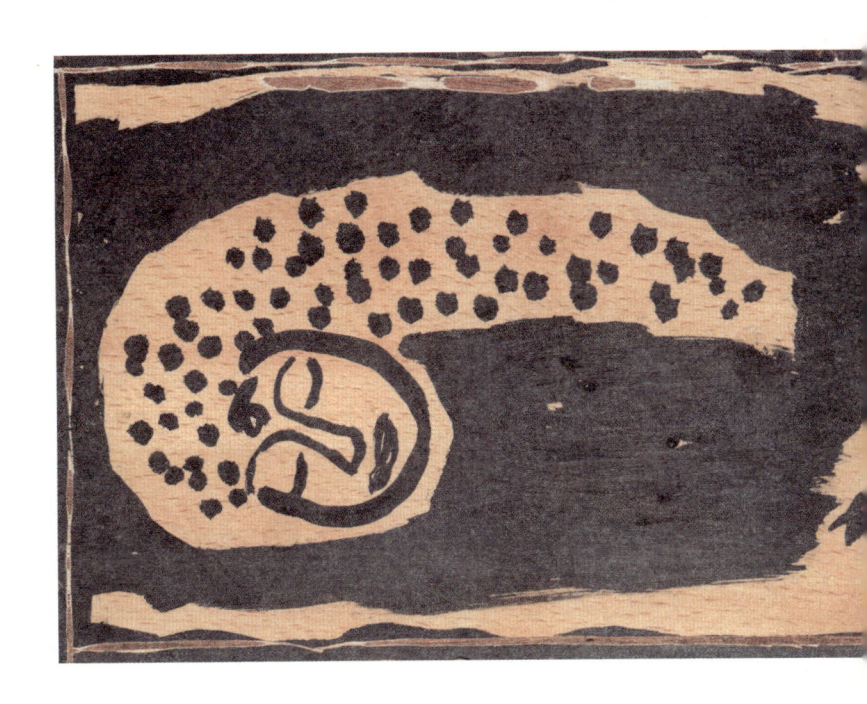

这一次,她来会他。他的家乡因为沙漠,因为这座佛住的山而大名鼎鼎,他自然要带她转山拜佛。

佛前的老尼容颜枯寂,见他们来,用磬声给佛响亮报告。老尼告诉他们,这尊佛是最灵验的,许下什么心愿都能实现。这话像一团温暖的棉絮拥住她的胸口。她拉他的手,低声说,我们许下心愿吧,我们各自许下心愿吧。他温和地看她,说,我许愿。她点头，松开他的手。合掌向佛，却心乱如麻，越是要想清楚自己的心愿，越是不能够想清楚，不能够抓得住。她出了一脸的汗，直到眼泪流出了眼眶，也没许成心愿。

走出佛殿，她立即想起自己的心愿，为什么不求佛，给她爱的智慧呢？

他

佛的脸早已不是造佛之日那么光滑，佛看过千千万万人，佛已沧桑。

佛诞于北周，北周距离今天有多遥远。这样的恍惚也只存于一瞬，他自觉不像她那么迷信。她布施，他不。他知道他们有分别。

刚才在佛寺门口遇见熟人已使他惊慌，幸好有个导游跟着，两个亲密的人之间夹着个导游，就算同事，或者更熟悉的人看见了，也是可以搪塞的吧。

他看见熟人越过他用眼光追随她，明白他对他们关系的好奇。他不觉用熟人的角度和眼光，猜测他们的关系。像一对恋人吧？像。他们在外人面前骤然装出的生分，他们互看对方的神情，熟悉，默契。但他们却又不同，不一样的生存背景，年龄的差别，也看得清。即便在最亲密的一瞬，他都难为情于对她的称呼，偶尔微醺之时，他才能顺利喊出她的名字。有次她在床上纠缠他，让他喊她姐姐，他怎么都喊不出，被她纠缠不过，他却说希望叫她妹妹，这样，他才不觉自己有罪。现在，这个"自觉有罪的人"当然听见老尼的话。听见她在身边催促他许下心愿的时候，他真的就合掌闭目低头了。他心里想的是，若佛法真的无边，佛看他们洞若观火，佛会宽容他们的情缘吗？他不是一个喜欢违逆别人的人，何况她温柔的话语让他心动，更加不应拒绝。于是他回答她说，许了心愿了。

他很担心她问他，许下的心愿是什么，但是，她一直没问他，直到走出佛殿，直到晚上他们做爱的时候，直到送她去机场，她都没有问。

他觉得宽慰，又觉得淡淡的惆怅。

在机场，她再次哭了，像每次分离时那样。他宽慰她，但他觉得宽慰的无力。不由想起佛前老尼蠕动的嘴唇，他想，自己说的话和那张干瘪的嘴唇发出的说辞大概一样可疑吧。他于是闭嘴，下意识地看了看表。

绣球花

她嫁给小柯，成了漩涡镇的居民

晨曦微露时，绣球花是淡绿色，太阳一出，就变奶白色了，有月光的夜里，绣球花又是鹅黄色。

这是奈子的观察。住在金农山庄这三年，每年的四到六月，绣球花都会一粒粒绽开，细密的花朵一天天盈满，终于结成一个个绣球模样，团团抱紧柔韧的枝条，又如一盏盏饱满的灯盏，越过竹篱笆，重沉沉垂向江心，眼看要触及到江水，却停住了，像是故意逗耍看花人。

奈子每天停留在绣球花边的时间足够她观察花儿。洗菜池在绣球花树下，奈子看花摘菜洗菜，两不耽搁。

绣球花泛着淡绿的时候小柯还睡在床上。通常是奈子做好了早饭他才起床。

五年前，奈子在思源学院烹饪班学习的时候认识了小柯，俩人一边学习烹饪一边学习恋爱，学习结束后的某天小柯带奈子回了趟汉江边的老家漩涡镇。

　　奈子和漩涡镇一见钟情，在奈子看来，漩涡镇像一幅能在四季里变换，在晨昏里变换，在风雨霜晴的日子里变换的画儿。变换就是生长，这让奈子喜欢。她嫁给小柯，成了漩涡镇的居民。

　　小柯父母喜欢这个城里来的姑娘，她似乎比本地姑娘更适应镇上的生活。漩涡镇的食物、风光、空气当然都是好的。不久小柯争取到了县上的扶持项目，在近公路又临江的一片坪上经营起这个农家乐，烹饪班学来的手艺学以致用，小柯说他们是闪闪发光的农民，于是农家乐就叫金农山庄。

　　经营上夫妻两个有基本的分工。奈子负责食材采集以及清洗打理，这些工作在早上完成。炒蒸炸煮小柯上手。

　　清鲜、朴素、本真，夫妻两个定下的经营原则。食材多取本地产，顺应季节，天赐什么人吃什么。这样在原材料的第一道关口就保证了新鲜。烹炒过程的香料也是就地取材。藿香茴香葱蒜花椒丁香肉桂当归百合山药，一律本地出产，够了。

　　小柯在烹饪的时候喜欢随灵感混搭，那些随灵感降临创造的美食使来小店的食客赞不绝口，小柯每每听着，不知何故总想起那句圣人的感叹：治大国若烹小鲜。尽管他根本没打算弄清这话的本意。

某天他把案板上剩余的几样东西自由搭配的时候想，好厨师是要因循和有随机发挥的才能的，尤其一个做乡村农家吃食的厨师。于是那张写满一页纸的正反两面的菜单上多了一道"小柯炒"。这道菜你八回吃，回回味道不同，吃过了，满意了，下次来时，还会再点。

因为菜品都是当地应季出产主打，不足的才会借用外来食材补充。春天是笋子花朵菜薹野菜的季节。清炒笋、油焖笋、笋片鱼汤。野菜是荠菜雪蒿马齿苋香椿野蒜春菜灰条菜芍芍菜叶上花，多的吃不过来，那就趁阳光好晒点，笋子香椿叶上花灰菇是一定要晒一些的。花朵有玉兰槐花胡桃穗，也只是赶季节尝新应景，不当一回事情。做着吃着，夏天就来了。

夏天来漩涡镇旅游的人多，停留在金农农家院的人也自然多起来。别的季节也许只做一桌两桌，在夏天一定超过了三桌四桌。好在不会再多了，再多可能做不出来了，但从来也没多到他们应付不过来的局面。

来农庄吃饭的人在国庆小长假后又慢慢回落到一年中最低的状态，但于小柯他们也是合适的。一两天做一桌，一周

白　马
Baima 113

做一桌也是合适的。人少，正好可以缓缓神，缓缓目光。

　　用春天晒的干笋炖火腿，干锅灰菇里加洋葱丝，好吃。冬天也有新鲜的汉江酸味鱼，酸萝卜红艳艳清洌洌的，牛肝菌爆牛肉，萝卜干炒腊肉，焗老南瓜，洋芋粑粑……木耳香菇更是伴随一年的食材，冬天的食谱也像日子一样，内敛着热火。土地山林得来，由不得人要感恩天地。

　　农庄的后门外是一条公路，公路通往凤堰梯田，梯田开发于明清时代，梯田近年申遗，于是漩涡镇嵌进陕南这条长长的旅游链条里，油菜花节、茶叶节、樱桃节、兰花节、槐花节，在季节里轮转，一个节一个结，打着一个个结，日子都显得短了。

　　那第一个拍下漩涡镇梯田美景的人带动更多人来这里拍摄，梯田、菜花、碧绿稻田，看见图片的人感慨，何必要去元阳，原来离家不远就有啊。

　　这就是小柯夫妇金农农庄生意不愁，日子是好日子的缘故。他们夫妻不必有两地打工的分居生活。

　　日子顺，时间就快。转眼他们的女儿出生了。这一天，我们在看完漩涡镇的梯田之后，也顺路来到了小柯夫妇的金农农庄吃饭。我们赞叹小柯长得那么帅，有手艺。柰子人这么美，却也好脾气。这看似简单的存在却让我们感慨了又感慨，奈子每端上一道菜我们就感慨赞美一番，赞美食物，赞美人。直到客人主人都觉得不好意思起来。

但我们还是慷慨奉献着也许他们不需要的赞美。

吃饱了我们就站在篱笆边的绣球花树下看江，看江上渔船。比邻江畔的坪地养了一群鸡。一些公鸡，更多一些母鸡，鸡时时打架。空气那么好，我们笑言鸡们有惊无险的打斗只当是鸡在做有氧运动。母鸡下的蛋我们刚刚吃过，蛋黄微红，懂得的人说，区分是否真正的土鸡蛋，这个颜色是参照，说话的人笑，公鸡活跃，母鸡蛋好吃。

我们告辞的时候，女主人用几瓶自家做的腐乳相送，刚才桌上吃锅巴饭的时候她送上一碟，说当地人最喜欢这样配锅巴饭吃，我们第一次这样吃，一吃喜欢。自然又是赞美。

我们告别，看见主人的女儿用粉笔在粉墙上写字，写人。人，人。许多的人。

《文艺报》2015年11月20日

柰 子

> 一天结束,他们会在竹篱笆边坐下,
> 在傍晚微凉的空气里

把一天的需用在早上收拾停当,柰子要到篱笆边站一会儿,看绣球花,看花树下的江水。瀛湖在下游十五公里处,瀛湖蓄水放水很有规律,瀛湖不开闸的日子汉江水涨起来,湮没到森林边的那条最低线,这个时候,柰子眼前的江面显得格外平阔,雾气迷蒙,水涨船高,好看。瀛湖开闸放水的时候,江水浅下去,这时候眼前的江心,露出两片沙洲,一个太阳般圆朗,一个是新月一弯。客人等待饭菜上桌,或吃饱了之后又不着急赶路,就会站在柰子此刻站立的位置。客人立即被自己的发现鼓舞,手舞足蹈,开心议论,纷纷拍照留念。这让柰子想起她第一次看到江心风景的情状。

柰子还发现,来的女客多会对她和小柯的生活充满好奇,说小柯脾气好,人又长得帅,还有手艺,还安心待在家里,说现在这样的男人就是个宝贝；说奈子能干，有明星相，有福气……停一会儿，继续追问，她和小柯，吵不吵架？

奈子就笑一笑。起初奈子的笑在脸上停留得长，在心里漫漶得开。奈子在那些停留与漫漶里想，她和小柯是真的还没吵过架，有啥要吵的呢？干嘛吵架啊，那多费力气！再说日子也不允许他们吵架，有次眼看他们要吵起来，她忍住了，但不可思议的是，在她引而不发的那两天里，她发现绣球花的花色是一色的白，没了早上正午和夜晚的区别，像是染上了灰尘。多奇怪啊。客人少的时候奈子和小柯闲了，就看微信、发微信，一次一个客人加了小柯的微信，却嫌小柯的微信太少山庄的内容，问能否把她在农庄吃的几道菜的做法写上去，这让奈子和小柯惊讶。有两道菜小柯荣获过市里举办的烹饪大赛一等奖，还有道菜获得了丝绸之路美食大赛一等奖，是一道蒸盆子，这道菜内容丰富得很，有本地出产的闻名远近的红心莲、猪脚、小排骨、水白萝卜……汤中暗隐十味不可见的名贵中药，汤皮子上浮着几枚金黄蛋饺。没获奖前小柯称这道菜为漩涡蒸盆子，获奖之后这道菜被市里美食协会新命名为丝路汇。这两道获奖的菜也是全菜入图，在小柯的微信里，却没有做法。

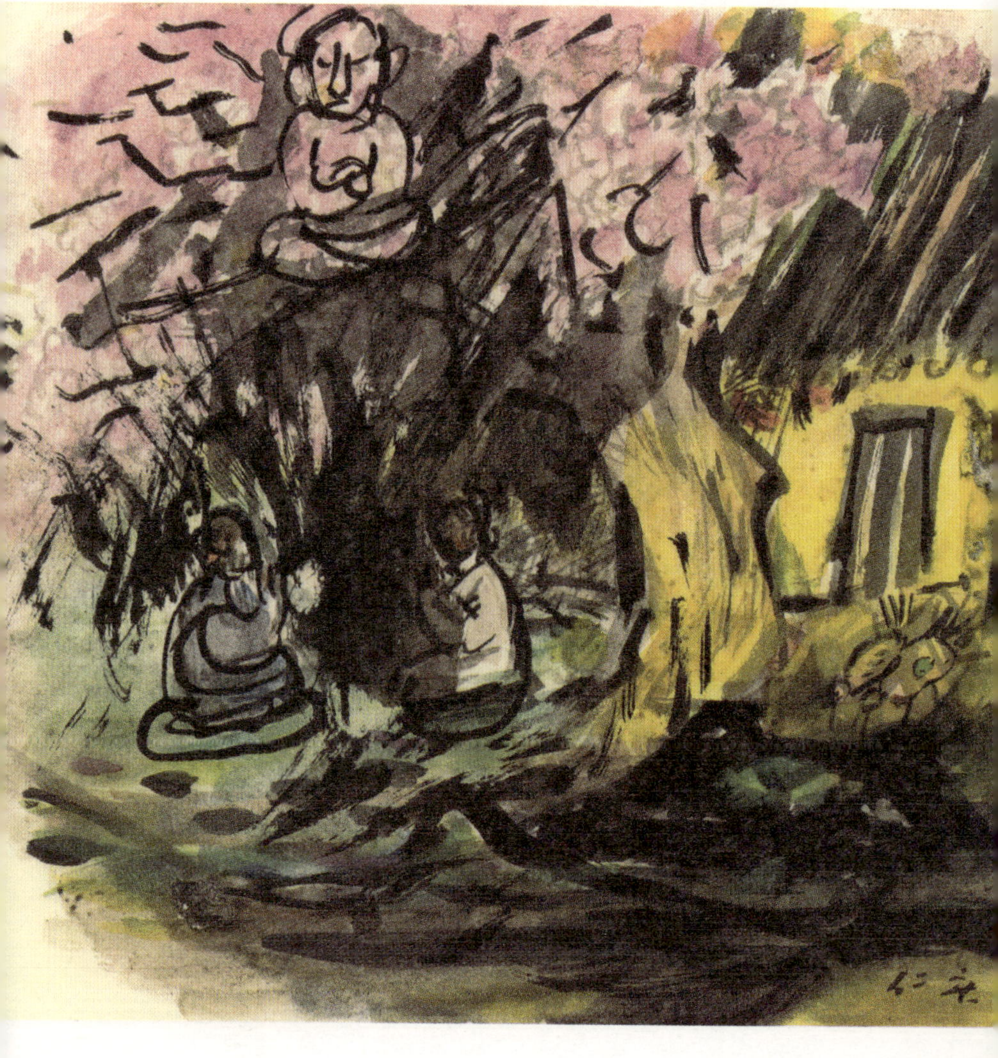

那个加了小柯微信的女人回去后一直和小柯联系，女人说她在西安开着一家饭店，想请小柯去她的饭店做厨师长。

奈子问小柯，你去不去？小柯很奇怪奈子会这样问，小柯说，我去西安干什么？奈子想一想，笑了。

奈子的微信呢，除了当初山庄刚建成的时候她站在山庄前指着江心拍的那张照片，还有一张是她坐在饭桌前，面前一碗一碟一筷，和一大窝热气蒸腾的漩涡蒸盆子。奈子喜欢吃蒸盆子里的红藕，还有泛着金黄色的蒸饺，所以小柯每次做这道菜给自家吃，总要多放几块红藕，几枚蛋饺。

一天结束，他们会在竹篱笆边坐下，在傍晚微凉的空气里，听江涛声不急不缓在耳边响，慢慢吃掉小柯随手搭配、临时发挥、随心意烹制的饭菜。

但是，这个女人发给小柯的微信给了奈子一个新的启发，她和小柯会一直在农家乐住着吗？他们的孩子会长大，要上学，之后呢？她想起自己很久都没有出过门了，即便生意不忙，她也是不能出门的，因为你不知道客人啥时候就会推开那道比邻公路的栅栏门，喊一声，有人在吗？

有人在吗？开店的人，怎能主人不在呀？于是她总是要在那一声喊发出的时候立即给予回应。就是一年中生意最冷淡的十一、十二和一月，奈子也要在店里，店就是家。

这个下午奈子回顾自己的微信，微信呈现的全是外面的世界，太平洋上的小岛，台湾、日本、韩国、丽江、黄山……奈子一个也没去过，却全心全意如亲临般地忠诚转发。奈子一边翻微信，一边问小柯，他们什么时候也去外面旅行一次，也体会吃别人做的饭菜的滋味。小柯说这有何难，容易得很。说过之后，他们却还是很久没出发，原因是想象不出把店门关上的时候要在门口竖一个什么样的告示牌合适。

但这一天，小柯和奈子还是出发了，他们租了辆汽车，把孩子托给父母，锁紧前面的门，把后边的栅栏门虚掩上，走了。

他们计划用三天时间往来张家界。汽车开出两个半小时，他们遇见一片美丽的林子，于是停下来休息，他们意外看见一片桃林，一片结满红桃的桃林，红桃看来一直没人采摘，所以掉落了一地，掉落一地多么可惜，他们看看树上，看看树下，把红裂了的桃子掰开尝一尝，说，酸甜适中，味道醇厚，是好山桃该有的味道。

奈子和小柯站在树下，尝一口桃子，发一声议论，最后一致觉得这么好的桃子掉在地上烂掉，实在可惜。他们希望此刻能有吃桃的动物赶来，但他们低头细看细查，除了几只黑蚁过来，闻一闻，又走开，像是刚刚吃饱没有食欲的样子。这让小柯奈子更觉遗憾，望着树上摇摇欲坠的红桃更加心急。

小柯和奈子后来把车上能找来盛装桃子的东西都找出来，装满摘下来的红艳的桃子，他们说要把桃子晒干，会是多么好的桃干，桃干可以当冬天的水果，也可以在冬天做果脯饭。

带着那么多新鲜的桃子，他们重新上路。等他们反应过来的时候，车子已经停在金农山庄的后门，那道他们几小时前刚刚离开的，虚掩着的栅栏门边。

他们吃了一惊，面面相觑，忍不住地哈哈大笑起来。

《天池》2016 年 2 期

小 暑

晚霞满天，那些山脊的剪影朦胧

每回坐在月亮垭秦腔社听戏的时候，李敦白都有一个奇怪的联想，这个自从建设之日就显出某种废墟气象、废墟味道的地方，怎的就能聚集起这样一群人？他们因为秦腔聚合在一起。为什么这个简易工棚也可以唤作"社"？这些吼秦腔的人，仅凭这些老幼妇孺稀薄的戏资，就能生存？所有这些人的夜晚，到底是怎样的暗深，需要借一个"秦腔"聊做打发？

李敦白是《华夏文化周刊》住谷城的记者，作如上思考全是职业毛病。李敦白是谷城人，除了上大学那四年，他几乎不曾离开过谷城，但李敦白不得不承认，他的思维方式、他看待问题的角度，无论如何都和大部分谷城人不一样。

此刻作为一个看客、听客的李敦白出现在月亮垭秦腔社的看客群里，他立即就显出和当地氛围、人群完全不同的气质。李敦白出现在肮脏吵杂的月亮垭秦腔社，就是鹤立鸡群，高峰兀立，抢眼。

演唱者当然早已留心到看客的不同。当那高亢的、入耳即能叫人肃然一惊的"一声吼"劈开李敦白脑门的时候，李敦白的眼泪差点掉下来，自小对秦腔不陌生的李敦白还是为故乡乡野有如此深厚唱功的人在心里赞叹，一时联想纷纷，魂游身外。

李敦白的沉醉只保持了两分钟，他没想到那个演唱者却能一边持续唱腔，一边准确示意李敦白，他接下来可是为他李敦白演唱的，那李敦白本人，是一定要有个表示的。

见李敦白蒙着，有点瓷，旁边的人嬉笑着给李敦白解释，李敦白该给演唱者挂红，李敦白已经得到了面子和荣耀。

就见一个人端来了盘子，里面放着一宽一窄两条红布。李敦白可以在两个标准中挑出一个给演员，选择挂十元的红，还是二十元的红，随李敦白的意思。

演员的演唱在一个音节上盘旋，唱的是，"手托孙子双泪垂"。于是，在李敦白没做出决定前，孙子一直得托着，眼泪一直得流着。李敦白慌慌张张地把两条红都举了起来，于是全场欢呼，鼓掌的，笑的，咳嗽的，热闹。

这一夜，李敦白总共在那个托盘里放了一百元钱，让李敦白没想到是他竟然享受到一个慷慨富人般的美好体验。半晚上，那个演员一直对着李敦白唱。这是李敦白第一次到这里来的事情了。

他现在是第几次来？鬼使神差，只要来月亮垭采访，李敦白就到这个秦腔社听戏。第一次见到的那个演员再也没见过，李敦白后来得知是春天感染了风寒，死了。

现在，来了个年轻的姑娘叫秦琴，代替了老的。跑堂自觉和李敦白熟，话格外多，他凑近李敦白，悄语李敦白新来的姑娘上过技校，有文化。她大部分工作是站在那个隔断后面收钱，只有特殊的时候才出来走一圈，偶尔也唱。

跑堂按李敦白的肩，低声说，小哥儿好人品，你要是带她出去，倒是再合适不过的人选。也不枉这荒地委屈了她。

李敦白从跑堂暧昧的手势和语气，还是明白了个大概。李敦白自觉不是多纯洁的人，但跑堂的话还是让他吃惊，不觉向隔断后望了几眼。他看见一个黑光光的发髻，像一枚玲珑塔，高高冲着头顶的那枚灯泡。姑娘的脸是低着的，对着眼前的一张白纸，太远，不知是书页是账单。

跑堂看来是诚心做成生意，又凑上来，趴在李敦白耳边，

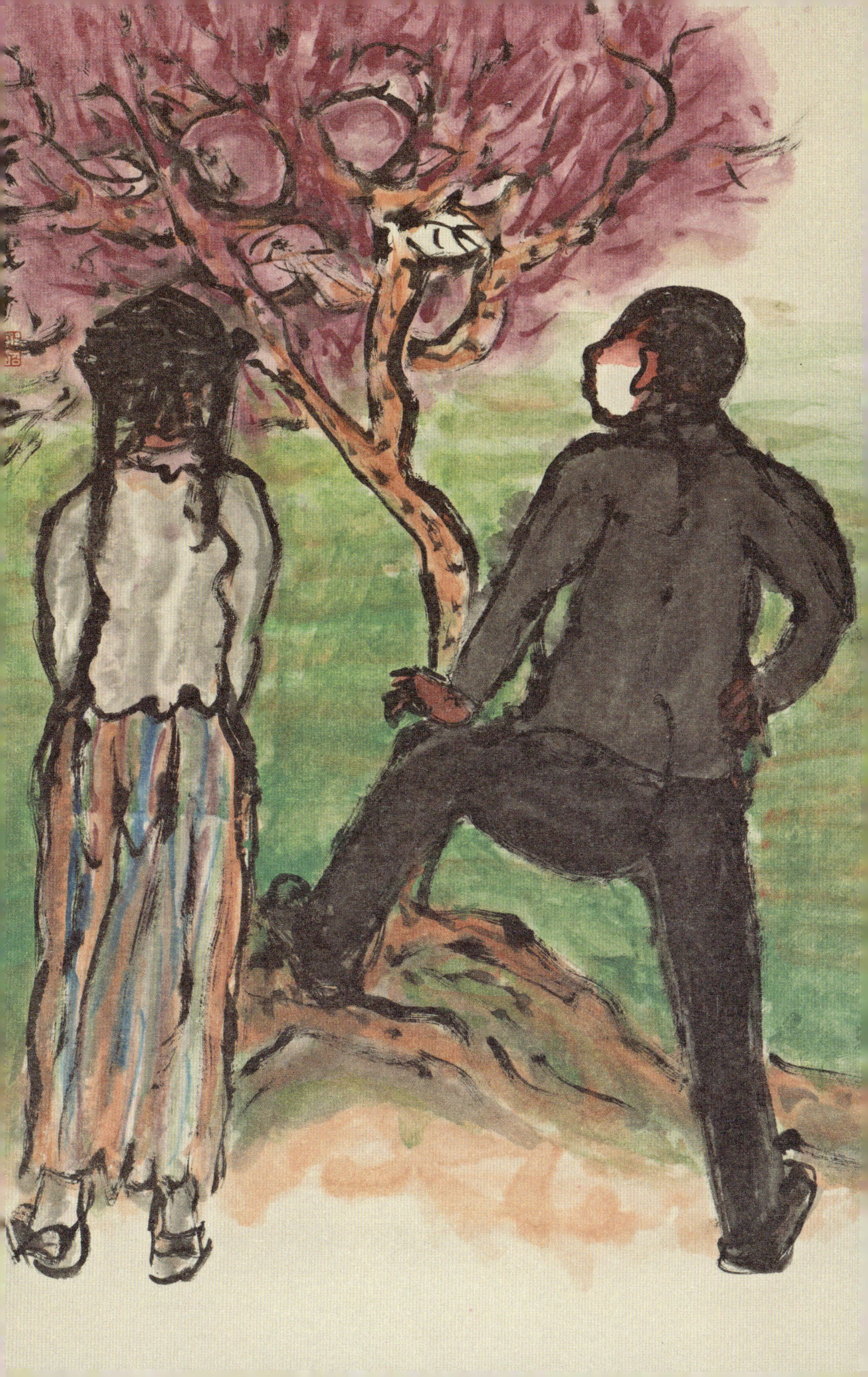

捏着几根手指头，说，就一点点钱。

　　李敦白一瞬暴躁，他闻见跑堂嘴里的烟臭气，虽然他也吸烟，但他觉得这个跑堂脏，他扭转脸。但当他的脸再扭转回来的时候，他看见那个叫秦琴的女子坐在了简陋的戏台上，她把弓在弦子上划出一串高音，站起来，低头一个深深的鞠躬，望着台下李敦白这边说，她今晚要为月亮般的李哥哥免费演唱三首曲子。李敦白在心里一惊，她知道他姓李？

　　不及细想，就见女子对着台上击板子的、拉胡琴的、弹月琴的，击鼓的又是一个深揖，喊一声，父老爷们助性！

　　女子开唱，是古老的《盘古歌》，是《好了歌》，最后转到《越人歌》。用的却都是秦腔唱腔。

　　李敦白在月亮垭听了几回戏，第一次，他对这里生出神圣的感情，他看见伴唱的、伴奏的，都显出他从未见过的认真。一心一意，一身严肃一脸郑重。

　　不再唱两句就停在那里等着你挂红。以前李敦白每次都想，他宁愿他们能一心一意地唱完，他宁愿付高于挂红的听资，但事实是只有他挂了红，演员才能放心演唱，才能在这个弥漫着吵闹和肮脏气味的地方把那曲称之为秦腔的戏唱下去。尽管这样，李敦白每次也能转换角度想，他想的是他们的不容易,在这个几乎是荒野的地方,他们用演唱聚拢这么一群人,有老有幼,甚至傻子呆子也在其列,无论主人,还是听客,谁都不排挤谁。三块、五块戏子们赚,十块、二十块已然是大钱了。只有在这样的地方,他李敦白才是人中龙凤,跑堂都要为秦琴联络李敦白了。

李敦白心里又一叹,他坐在聚精会神听唱的人群里,灵魂出窍。

直到今夜,秦琴说给李敦白赠唱,这加深李敦白的恍惚。

秦琴唱完三首歌,安静地走到李敦白跟前,给李敦白的三泡台里续满水。轻轻地唤了声:敦哥。李敦白心里腾的一声,彻底醒悟。这个女子竟然是他初中时候那个隔壁班女孩,那时候他们多么羞涩啊,他在三年里都没有和她说过一句话,虽然周末放学的时候,他们有很长一段路同行,他总是默默让她走在前边,他是想让她把控两人的行走速度,他想让她一路走得自在安心。他们始终相随,却从来不曾答言。晚霞满天,那些山脊的剪影朦胧,偶尔出现荒凉山坡的树的影子看上去是那么孤单孤独。记忆被唤醒,李敦白真是如梦如幻。

李敦白想起跑堂的话,他心里再次腾的一声。李敦白坐在那里,身心分裂,但他觉得自己没资格对生活声讨。唱秦腔的秦琴、跑堂，那唱几句就要伸出手向听众讨红的老者，他李敦白，有多大分别，谁给他分别的权利了？

　　这夜李敦白直到离开，再也没有看见秦琴，他走出很远，在月亮地里回头看用来庇护演员演出的简易建筑，和他第一次看到的感觉仍无丝毫不同，这些粗糙的建筑，在第一天建起的时候就显出某种废墟般的气息。

　　李敦白同时感慨，废墟却也显示某种奇怪的生命力。

《延河》2015 年 7 期

芒 种

> 她觉得她的身体和灵魂，像是遇到强热的巧克力，
> 在薄薄裙衫的包裹下，形状模糊

　　此刻站在工厂大门外的丁未子目光茫然。她两手捂着衣服的两只口袋，像是口袋里藏着贵重物品。其实口袋里除了两只和主人一般茫然的糙手，什么也没有，就是空空如也。

　　空空如也正是这几天不断浮上丁未子心间的一个词。半年前坐在教室上课的情景映现眼前，逼迫丁未子想起老师和同学对她的评价，老师说，丁未子你的脑袋就用一个词形容：空空如也，你的数学和物理公式都被你无边的空空如也湮没了。

　　丁未子的眼神也是空空如也的？心也是吧？丁未子想不通这些人的评价，就在心里一次次复制一句粗话，骂回去。

　　高中毕业第一月她就到了东莞，进了一家工厂。她忙得像陀螺，她喜欢自己陀螺般的新形象。飞速旋转，现出美丽的螺旋纹。你若细听,还有沧浪沧浪的声音,那是湖水拍打堤岸的声音,是芒种时节蜜蜂在正午想要停靠在一朵黄瓜花上时发出的声音。

让丁未子感到振奋的,还有高管倪大科偶尔停留在她的身边时带给她的异样感受。

用眼睛余光瞥见倪大科从一架机器走到另一架机器,都让丁未子联想到一艘鼓荡着风的帆船向港湾靠近时的样子。最初,倪大科看丁未子的眼神叫丁未子感到莫名的慌乱,鼻尖冒汗,嘴唇干燥。现在完全变了调子,倪大科一眼望来,就能立即抓起丁未子的期待和盼望。丁未子自觉心领神会,知道倪大科停在她和她的机器边不是随时对她发出一声"空空如也"般的呵斥,完全是在欣赏她的动作的流畅,身姿的曼妙。倪大科的目光总使丁未子首先意识到自己的双手,这双手已不如半年前圆润光洁,但这双手手指修长,手型丰满,也不至使看到它们的人感到失望。完全是丁未子的太过敏感。

更让丁未子敏感到自己双手的,是当它们被倪大科抓住,握在掌心的时候。这可是丁未子长大到十九岁,第一次被一个比自己年长、又不老的异性抓住双手,且被如此地紧握、充满暗示,尽管她并不确知倪大科暗示的到底是什么。她夹

白 马
Baima

在敏感和茫然之间，莫名地盼望着。丁未子有点茫然有点渴望地期待倪大科进一步的引导，怀着豁出去的勇敢。

丁未子的手第二次被握之后，就被倪大科引导到他壮健的腰背后了，丁未子的手看来很喜欢那个地方，她的双手似乎找到了可以放心依靠的地方，一下子自觉环住了倪大科的腰，几乎同时，丁未子在倪大科火热的嘴唇上感到了自己的嘴唇，是那么的丰满。小姨从前和她开玩笑，说丁未子就算长成一个丑女，单凭这两片嘴唇也能气死美女。此刻，在倪大科的嘴唇上感到自己嘴唇存在的时候，冒上迷迷茫茫的丁未子心头的，正是小姨的这一声感叹。难怪倪大科看上自己，大概自己的的嘴唇就是讨倪大科欢喜的理由。

不容丁未子出神，她立即感到自己的腰，丁未子一直对自己的腰概念模糊，女人当然都有腰，丁未子岂能无腰，但只在此刻，在倪大科的怀抱中，丁未子前所未有地感到她的腰是那么纤细，简直是盈盈一握，且如此富有弹力和韧劲。她的腰被倪大科有力地环抱着，越抱越紧，使她的胸自然地抵进倪大科的怀抱，她呼吸艰难，却又有说不出的美妙和好感。她觉得她的身体和灵魂，像是遇到强热的巧克力，在薄薄裙衫的包裹下，形状模糊，一旦揭去那层薄裙衫，也许就会摊成一摊巧克力泥。

　　她想到裙子就意识到裙子的存在,短短的裙子在她的身后搅成一团,她感到自己的身体被倪大科的身体抵着,倒退。还在倒退。她几次担心这样倒退会使两人摔倒,倒在地上,弄疼彼此,这担心使她分心,把她从那种说不清的迷醉中惊醒,下意识生出抵抗。但他们后退的方向和尺度完全在倪大科的掌握之中,丁未子几乎是双脚离地地被倪大科裹挟着后退,直到她的后背感到墙的抵制。

　　被抵到墙上,他们都无法再后退,但倪大科并没停止前进,于是,丁未子夹在墙和倪大科之间,她感到倪大科的力,倪大科在用力,在那份力量之下,她一点点变薄,直到她觉得自己薄成了一张纸,但又不是纸。两人都无路可去的时候倪大科进入了丁未子的身体,丁未子感到那么霸蛮,那么强悍的一个倪大科。她感到自己的身体被倪大科破开,随即她变成一张可以包裹什么的物件,她包住了倪大科。

　　被她包住的还有倪大科的头,它抵在丁未子丰满的胸部,喘息不定。丁未子看见倪大科的表情是那么的软弱,软弱到需要她的怜悯和同情,使她都来不及体恤自己。她不知该说什么好,也不知道该做什么好,就把自己的一只手搭在倪大科的脸上。

　　接下来的回忆使那个仓促的午后变得清晰，呈现意味。丁未子起初的慌乱和说不清的甜蜜渐渐被一种不适驱散，她每次要追忆那个午后，揣摩它的细节的时候那不适就提醒她。倪大科还来她的车间视察，还像风帆靠岸港湾一样向她和她的机器斜斜驶来，但他们互视的时候她的目光里多了一道暗影，这暗影肯定被倪大科看到了。终于，在另一个似是而非的午后，丁未子把自己的担心告诉了倪大科，但是倪大科惊慌地跳起来了，连连冲丁未子摆手，像是丁未子是个疯子，这仓皇的一跳和扔掉厌倦之物般的摆手严重伤害了丁未子，使得丁未子觉得身体里的沉重充满不洁和罪恶，让她这么多天关于细节的猜想和回忆都像是一个笑话。

　　空空如也。这被丁未子刚刚忽略掉的嬉笑声再次回荡在她的耳边，使她恼怒，使她渴望大喊大叫。丁未子的两只手在衣服的口袋里，把使她沉重的肚腹狠狠地捏了两把，蹲在地上，蹲下又站起。

　　小学时代的丁未子还未住过女生宿舍，因此对女生宿舍充满好奇，趁着一个暑假午后，丁未子翻窗爬进女生宿舍，在稻草垫子上睡了一觉。宿舍出来后，丁未子的头发上爬满了虱子,这成为丁未子很长时间不堪的记忆。现在,不堪重现,丁未子恨不能立即把自己放在什么地方清除一下。用力清除。

  丁未子感到脸上头发上的水,才知道下雨了。在雨中急行,直至飞跑起来。她的脸被雨点子击打得火烧火燎,眼睛难以睁开,但丁未子盼望雨下得再大点再大点。

《延河》2015 年 7 期

立春

她依然苗条得像春风中的一枝柳

按说立春爹早该走开,可他鬼使神差,走开又调转回来,在大门边的柿子树下站住,站住,就听见院里头接生婆乌玛拃着两只血污的双手连声向外喊,他爹,是个闺女。

立春爹在柿子树下打转,无法可想,就去田地里转。这是立春爹的毛病,有情绪去田里转,于他,似乎也是顺气。

立春爹踢脚下麦田,麦田软和,似乎冒着热气;抬头,他看见大群麻雀从地的这头扑棱到那头,"扑棱来扑棱去,天生就是扑棱的命"。立春爹嘟哝过麻雀,猛然看见地畔一树梅花开得惊艳,梅花的香气像清凉的水流,涤荡他的心和眼,似乎那新生儿娇嫩的陌生的哭声重返他的耳边,使他的心里生出难言的温软,他立即折身往家里赶。

归来的立春爹想通了,他跟立春娘说,给孩子起名立春吧,她娘看着她爹脸上的喜悦颜色，心里宽松了些，连说，这名字喜气。于是，立春就叫立春了。

到生妹妹立夏，虽然比立夏节气早了三天，也叫了立夏。还是女儿，立春爹说他认命了，往后不会让立春娘再生了，他咧着大嘴笑，你往后尽管开你的花，我还给你授粉。咱不结果果就是了。

两个孩子，在立春爹心里，足够了，女儿就女儿。戏里都唱了，谁说女子不如男呐。

是的。立春爹的这句感慨，奠定了立春娘作为一个女人、一个妻子的幸福感，也把某种硬倔宿命般地遗传到了立春的性格里。

现在，立春已过了立春娘生妹妹立夏的年纪，但她依然苗条得像春风中的一枝柳。她腰身壮大的男人五年前就和她生分了，她至今没有孩子。

五年前，立春随丈夫厉槟榔去东莞打工，那个厂子像是在那里等了厉槟榔25年，使得25岁的厉槟榔像一枚钉子被楔进铁板中，再也拔不出来。但立春讨厌工厂，她抱怨橡胶的气味熏染得她也快成橡胶制品了。她厌食，厌倦与男人亲热，哪怕这样的机会并不多。那时厉槟榔还没余钱租单人宿舍，

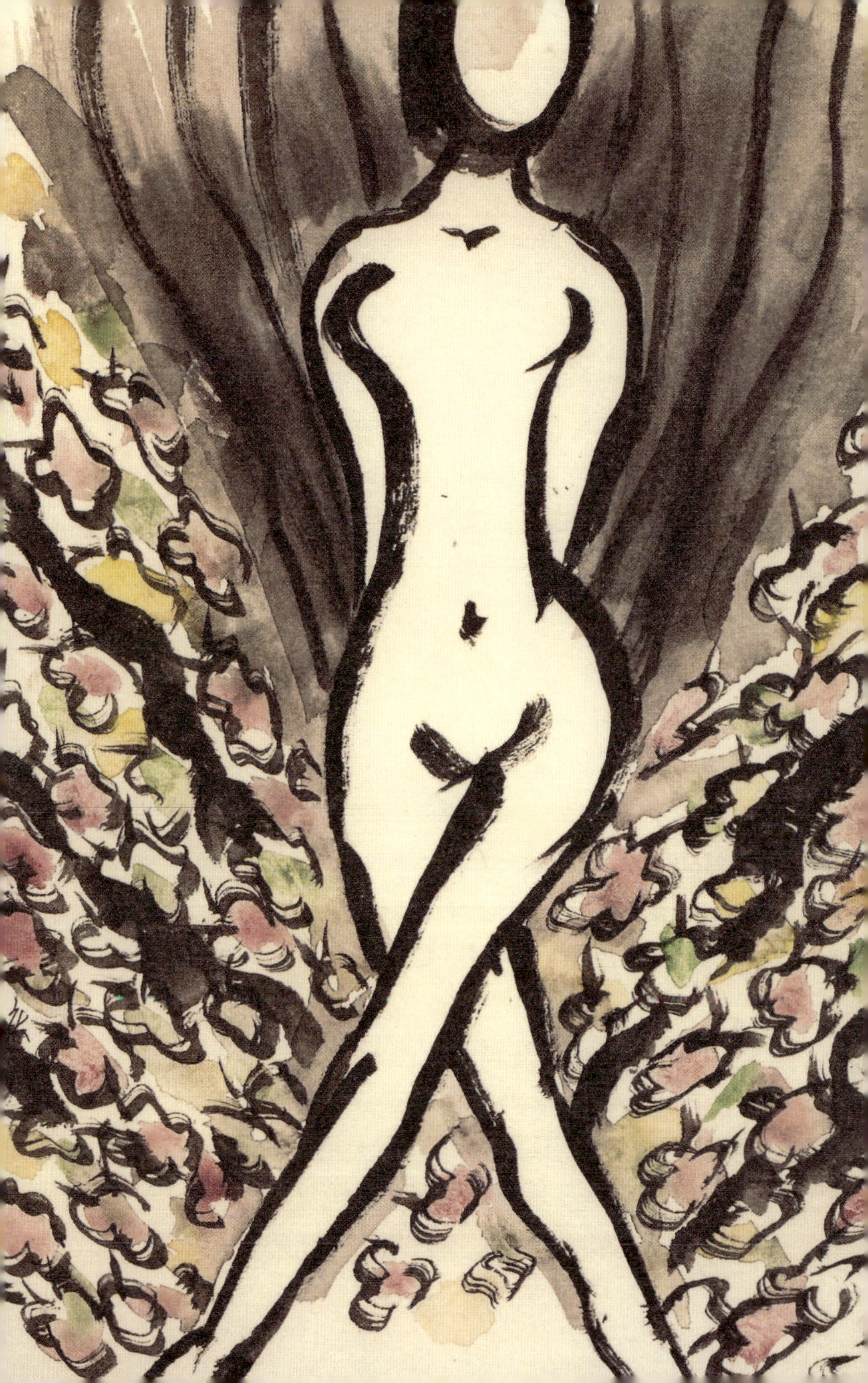

他和立春只能偶尔在这里那里得到一个见缝插针的机会亲热一下，立春会厌倦地用拳脚抵抗，嘴里呜呜：连野狗都不如。这话严重伤害了厉槟榔的自尊，一次次，直到了断了他和立春亲热的心思。他彻底变成了一枚钉子，他只知道，流水线上的日子走到月末，他会得到工钱，一叠钞票，这是他在遥远的家乡做什么都没法换来的。

　　直到立春不辞而别，返回家乡，他也没有愧疚，他坚信生活就是生活，他不会像立春那样任性，那样抗不得硬。他现在还无力想象未来，他唯一确定的就是他不能回去再种那十几亩山地，面朝黄土背朝天，种了吃、吃了再种的生活不是他的人生了。他和立春的看法迥然不同，厉槟榔喜欢东莞，那里朝气蓬勃，比那个死了一半的村庄更让他有活着的体会。他说，假如没出来，不知道流水镇之外有个叫东莞的地方，他也许还能在流水镇活下去，现在他知道了，流水镇的日子就是他不再想要过下去的日子，就算立春违拗他，要回流水镇，他也坚决不回去了。一个东莞，一个流水镇，你选择。厉槟榔说。一个流水镇，一个东莞，你选择。立春把厉槟榔的喊话颠倒组合了一下，丢回给了厉槟榔。这之后，他们各自走向自己指点的方向，这一决定，五年过去了。

偶尔的，立春想，自己可能太拗了。不喜欢那个橡胶厂，可以换一个嘛，东莞的厂子多过乡下的猪圈，怎自己就找不到一家合适的？但立春立即就被自己把东莞的厂子和猪圈联想的念头惊到，她想她可能真的不喜欢东莞，那里的热，腊月都能看见苍蝇飞，胳膊上总是黏糊糊的。还有，姑娘们到了那里似乎都和在村子里不一样了，她们议论男人时候的大方样子在立春看来是四季不分的热给热糊涂了症状。是的，一个该藏的冬天也能露大腿的地方，好吗？

立春的反思现在到了她和厉槟榔。现实检验了他们爱的浓度，他们爱自己都比爱对方多点，立春反过来说服自己，现实里更多的乡村夫妇必须两地分居，是因为女人总要留下来照顾老人孩子伺候土地，那她呢，她和厉槟榔没有孩子，但她选择留在乡村，是照顾自己的感受。

立春一会儿觉得自己有理，一会又觉得气馁。但到底是为了什么呢？她要在门里门外，在天地之间，在田野找到自己的答案。

回来的第一年，立春把邻里撂荒的土地以低廉的价格租过来，用厉槟榔给她的钱；第二年，她用厉槟榔给她的钱承包了更多的地，依然种树。现在那些她能置换回来的地都被她种了树。她雇佣村子里十几个女人帮她维护苗木。第三年的时候,她种的一部分树苗可以卖了,现在是第五年,她依然得到像钉子一样坚守钉子一样实心的厉槟榔给她的钱,她帮厉槟榔把那些钱存进银行,用厉槟榔的名字开账户,未来她还要把厉槟榔以前给她的钱一点点透出来,存到那张银行卡上。她想,那是厉槟榔在那个叫东莞的城市的痕迹,生命的痕迹,一个人来到这个世界上,总是希望留下自己的痕迹的。作为厉槟榔的女人,她能为他做的就是这么点了。

立春这天,立春去她的苗木地查看,她闻见侧柏荡漾的香气似乎比昨天浓郁了许多,让她直感慨老祖宗的确伟大,到了哪个节气就是哪个节气的气象和感觉。节气到了立春,真就有东风解冻的意思。

她忽然想到东莞那使她身体如同锈住的橡胶的气味,她再次感觉她比厉槟榔幸福,她在那个午后获得的幸福感使她心生对厉槟榔深深地歉疚和遗憾,那遗憾和歉疚包围着她,她在田地里四处打转,想要做点什么,这个习惯使她想到给她起名立春的爹。东看西看,直到立春有了主意。

立春请来木工师傅,要在侧柏的苗圃地中间给她搭起一个高高的棚子,像戏里演的古代小姐的绣楼,她心里暗想,那会是她的绣楼,她要等厉槟榔回来,她要他和她住在这个一年四季都散发着柏树无限美妙香气的棚子里。

棚子盖好那天,立春把她和厉槟榔结婚时的大红锦缎被子和印着牡丹花的床单一并搬上了高台。她还给高台上的木格窗子上贴好了嫣红的窗花花。喜娃娃。女的喜娃娃,男的喜娃娃。

她坐在棚子里自拍,她给厉槟榔发照片、发短信,立春说,厉槟榔呀,我就这样等你归来吧。

《文学港》2015 年 10 期

我们结婚吧

新事物。新事物。

立春昨晚发给厉槟榔的短信泥牛入海,使她气恼,一夜没睡好。

天亮时睡着,却又被惊醒。有人叩大门,铁门环碰得老木板门梆梆梆。立春犹豫要不要去开门。叩击声歇了片刻又起。迟疑又固执,带着怯意又不容拒绝。立春只好去开门。

门口一张陌生的娃娃脸。立春忍着恼意,你是谁?一大早的干啥?

娃娃脸回答,她是半夏,是蒙子将要过门的未婚妻。

立春惊跳起来。昨天听堂弟蒙子说要结婚,她还当是古怪小孩讲笑话逗她呢。难道是真的?十六岁的娃娃结婚?

半夏说她来和立春姐商量借个地方举行婚礼,说蒙子不好意思开口,毕竟是姐刚搭起的新棚屋。

立春的睡意消散，她听明白了，蒙子和半夏要借她和厉槟榔的棚屋举行婚礼。

　　你倒是会挑，有眼光，也不要脸，我和厉槟榔一天没住，倒给你当洞房？

　　又不是真当洞房，我们有房子住呢。半夏说她家有三间房，从这里翻一道梁过去就是。是蒙子说不入赘，蒙子说家里除了奶奶，父母一年难得回来一次，宽展。他们只是看这棚屋喜庆，嫣红窗花，大红被子褥子，热闹。这两面坡，一条沟，谁家能做得出？半夏诚心夸赞。保证仪式一结束就搬回去住。也就是约请几个小伙伴来参加一下婚礼，给他们一个见证和祝福。

　　半夏也不生分，攀着立春的脖子，姐姐长姐姐短地叫，叫得立春更烦恼，没好气地问，蒙子才十六岁，你也是一小屁孩，你们结婚？父母同意吗？能结婚吗？立春训斥半夏，觉得自己像一个堂姐，叔叔婶子出去打工多年，头几年还回家殷勤，这几年更少回家了，省钱成了习惯，说再忍耐几年就不出去了；说只要每年放在银行存折上的数字变大，哪怕一点点，日子就是有盼头的。能筹来吃的喝的穿的，家里余钱宽裕，就好，就行。

　　堂弟像野草，有野草的生命力。立春眼见着这个调皮的

白 马
Baima

堂弟长大，但从来没把他当成一个真正的大人，今天冷不丁听说他要结婚，一瞬间心里百般滋味汇聚，她不知道是哪里出了问题。

立春拉着半夏，去找蒙子，谁知道蒙子就在大门外的柿子树下站着，看见立春急火火出来，嬉皮笑脸地说，昨天就给姐姐预报了喜讯。

还喜讯？你爹妈知道吗？你奶同意吗？你不到结婚年龄能领结婚证吗？

先不领结婚证。蒙子冷静的语气让立春吃了一惊。我们两个都是十六岁，等过了十八岁再去领结婚证。两边的父母都是同意的，说两个孩子在一起，互相有个伴，相互照应，也没啥不好。

立春气得在原地转圈。但蒙子和半夏的婚礼还是要举行，就定在正月初六，今年他们的父母都回来过年，正月村里人多，人多热闹。

但是，腊月二十三这天，厉槟榔先回村子里了。他的一只手指被他热爱的机器吃了，这对厉槟榔确实是个打击，使他一时间无从适应，工厂的赔付倒也利索，工友们说厉槟榔运气好，那几天刚好上面的大领导去他们的城市视察，厂子担心职工闹意见，要维稳，那几天伙食都比平常好，厉槟榔的赔付又快又高。

需要休息的厉槟榔只能回到他最想离开的故乡，流水镇。他没有给立春打招呼，他回来了。

立春看着千呼万唤的厉槟榔归来，不知怎么的，心里有一半宽慰，有一半失落。

厉槟榔对蒙子和半夏的婚礼不做任何评价，似乎谁过怎样的生活完全该个人决定。他对两人借他和立春的棚屋结婚一点不介意，他提醒立春，他们在东莞的时候，不是还糊糊涂涂地和工友们"默契"过吗？谁的夫或妻来了，同舍的人会自觉避让出去，给对方制造亲热的机会。就是给他们住一个月，我也没意见。厉槟榔说。

一脸稚气的两个少年穿着大人般的结婚礼服在立春的棚屋举行了婚礼。他们的婚礼制造了流水镇很久以来都没有过的热闹。这一年过年回家，又还没走的人都参加了蒙子和半夏的婚礼，他们嘻嘻哈哈，欢呼嬉闹，用手机拍照，发微信朋友圈。

谁也没想到这场少年婚礼会一夜间成为网络焦点。趁着看稀奇顺便旅游的人来了，网络媒体猎奇的来了，无一例外地举着手机，对着手机中的男女主人公对号入座，看着手机视频中勾着脖子，互相捏弄对方鼻子嬉笑玩闹，头抵头一块五块十块数着大家凑来的份子钱，商量着正月过后独留他们自己生活时，是用这些钱买他们爱吃的酸辣粉好，还是方便面更划算。来访者寻寻觅觅，指指点点。

婚礼之后，新娘新郎恢复了平常打扮，现在他们看上去和村中别的留守少年没啥不同。但来访者很快找到新的线索，立春搭起的高木棚屋，多么特别啊，这婚礼上的配角比主角更有现实美，尤其棚屋出现在田野中，平旷处，贴着嫣红喜花的窗子，旧报纸糊墙看在他们眼里特别有韵味和乡村情调，总之就是和他们在城里的一切事物都不一样，他们要的不就是个小新鲜吗？于是他们纷纷调转了目标，直奔木屋而去。

于是，立春不久前玩自拍的位置现在是陌生人，新鲜的脸。

做过蒙子和半夏结婚道具的大红锦缎被子和印着牡丹花的床单在他们的镜头里照样喜气悦日，有趣。

新事物，新事物。厉槟榔把这些看在眼里，迅速在脑子里倒换思维。

半天后厉槟榔就有了对策。"欢迎登临树屋"的小木牌挂在树身上。来人在棚子下拍照免费，但要上去，拍屋子里，一律收费二十元。厉槟榔养伤，同时给自己找了个临时工作，他负责向那些上去拍照的人收费,你若还价十元钱,那只能拍窗花花和大红锦缎被子那个角度,二十元呢?那就随意拍了。就是要让他入镜合影,也是可以的。

你大老远来,不沾亲不带故的,出点小钱,你值得,我也有个说头。厉槟榔开导一个嫌他收费有意见的人。

厉槟榔自觉在城里待的时间长,立春和他比,还是显得乡气,乡气嘛,也包括这不好意思说心里话,放不开。

走一步,看一步,慢慢来,不着急。厉槟榔对自己说。

《小说月刊》2016 年 6 期

木兰之春

厉槟榔回来，
发现兔子天堂麻雀乐园变成了人类的利益场

  如果不是手残了，厉槟榔会在东莞打工多少年，他没想过。不得已回到流水镇的厉槟榔，在回家的第二天，感到自己和故乡都回不到从前。从前的什么？厉槟榔呆望天空，河流没了。

  距离厉槟榔的宅基一公里，有个高坟，皇妃坟。至于哪个皇，哪个妃，没人说得清，也没人想探究。厉槟榔小时候最喜欢在坟地逮麻雀捕兔子，高坟长满荒草，是麻雀和兔子的乐园。

  过去了几千年抵不过近几年的变化快，厉槟榔回来，发现兔子天堂麻雀乐园变成了人类的利益场。高坟里的皇妃有了名姓，有了故事，有了传奇。据说皇妃的人生故事精彩跌宕，简直可以写成一本书，编排成电视连续剧。市里县上组织专家论证后实施旅游大开发，这不，已经游人如织了。尤其旅游旺季，简直接待不暇。旅游车辆摆在路上，就算马路再宽，也只是个停车场。

来旅游的人把传说当历史,那个拔掉了荒草的皇妃坟用青砖新垒,青砖之间白粉勾勒,又从别处移来大树。造势。

传说皇妃生前美艳动人,据说今天夸赞女人的词语就是从那个皇妃的美中得到灵感。于是来旅游的女人纷纷把坟上的白土抠走,借此土擦脸,可以颜如玉。尽管过不久就要重新给坟头刷白土,但旅游开发公司的人从不懈怠,也不厌倦,说这多好,说明我们招人待见。

正是春天,田野春意涌动,菜花黄了,麦苗青青,李花白,桃花红,大地是花的锦绣毯子。厉槟榔站在自家院门口,眼见一辆辆车往皇妃坟那边开过去,不久前面两车道的马路就堵成了停车场,远远还有车不可逆转地开过来,厉槟榔看着,灵感突至,他立即返回院子拿来铁锨和镢头,把门口自己的麦子溜掉一大片,厉槟榔快速整理出一个临时停车场。厉槟榔积极招呼后面的车停过来,倒是开车的人不放心说,你这麦地呀,能停车呀?厉槟榔说,停停停,只管停,你没见前面堵成啥样了,给十块钱,你爱停多久停多久,你走着过去,看景了,健身了,齐活。

来人放心停稳车,夸赞厉槟榔活道,问厉槟榔家里经营

农家乐不,他们看过皇妃坟,过来吃饭。

厉槟榔说,成,你来。

这天的厉槟榔给自己找了个新的经营方向。他立即打电话把老婆立春从田里喊回来,吩咐立春和面洗菜,家里地里有啥弄啥,有人要来吃饭。

厉槟榔说,开农家乐开农家乐。

"木兰之春"的牌子第二天就挂到院子门口。接下来的一月,"木兰之春"名号下,有了"木兰之春"农家土鸡蛋、"木兰之春"红薯粉条、"木兰之春"春笋、"木兰之春"香醋……总之你要什么,厉槟榔都能用一个"木兰之春"的为你呈现,反正都是农家自产的物品,游客不就图个"农家自产"么。

人夸厉槟榔,厉槟榔说自己只是算账快,善组合,比别人稍早几分钟罢了。你就拿我这个临时停车场说吧,这片地,种麦子,种油菜,能长出一个临时停车场的收入?钱是标准,厉槟榔说。

家里的农家乐忙不过来的时候也雇人,隔壁的二奶奶,帮个厨,来一天算一天钱,起初二奶奶不高兴,说谁不给谁帮个忙啊?帮个忙也要临时算账,那我往后喊你帮忙,也要掂量着给钱?

厉槟榔说,一码是一码嘛,到时候您用我再说,还不是没到那一天嘛。

一次次地付了钱,二奶奶现在是比任何时候都乐意给立春帮厨了,厉槟榔对立春说,这就是变化,能用钱解决的,咱就用钱。

生意眼见着宽阔起来。厉槟榔又想用"木兰之春"推销农家土猪肉，本地腊肉有名，厉槟榔想把腊肉当成一个产业，"木兰之春"的腊肉根据猪的身体部位分级包装，有腊猪腿、腊猪肋骨、腊砧板肉、腊手撕肉，在盒子上写长长的说明文字，说这是文化。比如本地人喜欢的砧板肉，就是猪大腿最完整的部分，文火煮透了，在案板上晾微凉，快刀切块，装盘，蘸上汁水，享受吧。手撕的部分呢？是骨头和骨头间的肉，带着骨香，但肉碎，所以分成小袋包装，是肉中的零食，加上手撕的乐趣，有品的意思在里面。

当然不可能自家出产。于是组合，于是合作。厉槟榔和乡里的大婶干姨，一切能扯出关系的亲戚，他和她们签约，签约当然也是一个陌生的词语，但厉槟榔依然想到钱，搬出钱就不陌生了，一头用传统方法喂养的猪能卖两千多块，厉槟榔先给他要签约的大婶干姨一千块，就这样说定了，你帮我在你的猪圈里喂猪，我年底收了你的猪再根据猪的大小给你付清该付的余款，你没有风险，你只需要养猪就行了，还有啥问题呀？

这就是厉槟榔，以及他的木兰之春。

《西安晚报》2016 年 10 月 15 日

谷 雨

> 人群就是这样，人们向外看，
> 总比向内看容易些

积极生活，这是返乡的厉槟榔勉励自己的心底话，他像凭直觉生活的动物，本能适应生活里出现的意外，既然必须回故乡，他就只能自我调整，适应转变。

但是，一个人的外部和内里是多么不相称啊。自以为有力量的厉槟榔，感到内里现出一种从未有过的虚弱感。

厉槟榔回来，却依然无力调解和立春的关系，似乎连立春也没想到，现在他们住在自己的屋檐下，睡在一张床上了，但他们的身体像两个不再受主人控制的怪物。一个饱满欲放，吹弹得破，一个却疲软如颓柳。

厉槟榔现在是害怕立春，怕得彻底，只要立春在，他就站立不宁。他正激烈地向人说着什么，听见立春的声音立即偃旗息鼓，立春望向他的目光像子弹，能让他顷刻颓废。每天晚上上床如上刑场，久而久之，他们既憎恨对方，也厌倦自己。被欲望裹挟的立春觉得自己可耻，无力迎接立春热情的厉槟榔，在立春的眼睛里看见自己的猥琐相。

立春在一个雾气朦胧的早上把自己的铺盖搬上了棚屋。想起当初搭建棚屋的心情，回忆起在东莞时和厉槟榔的种种，一些遗忘在时间深处的对话也恍惚想起，立春仿佛听见自己当初对热气腾腾的厉槟榔说"脏"，说厉槟榔身体的每一个地方都像塑料，都散发着塑料的气味，看着脸颊通红的厉槟榔她恶狠狠地说"猪狗不如"。但她不是在返回故乡的那天就回心转意了吗？她不是搭起了这个四周散发植物气息的棚屋了吗？甚至棚屋不是还为她、为厉槟榔赚来钱了吗？她承认，在东莞的时候是自己有病，现在呢？立春回忆起厉槟榔站在棚屋下向游人收拍照费的情景。她自问自答，我建棚屋，不正是想要和你厉槟榔睡在一个没有一丝塑料气味的地方吗？

立春在早上把铺盖搬到棚屋，厉槟榔却没在傍晚把自己的铺盖也搬上去，他早早地进了屋，灯亮着，之后熄灭。立春从棚屋窗口，看低处那扇黑着的窗，觉得 扇门彻底向自己关死了。

立春把铺盖搬上棚屋，也无疑向半个流水镇的人宣布，她和厉槟榔的生活出了问题。家丑不可外扬，现在却是谁不知道呀。他们彼此见面，目光里藏着话，却又欲言又止。人群就是这样，人们向外看，总比向内看容易些。

与此同时，厉槟榔和桃花合伙儿的挂面厂倒是顺利建起，他迅速找到释放与自我救赎的路径，这真是谢天谢地。生活把一扇门关紧，就把一面窗打开，谁也不会被闷死，厉槟榔没来由地想。

厉槟榔再次找到陀螺般的忙碌感。这旋转的感觉让他获得安全，要不是桃花激烈反对，他就要搬到挂面加工厂住着。桃花说，这像什么话呀，你是诚心让立春和我也过不去吗？厉槟榔一着急，差点忘了自己的疼，喊叫，都知道我是不行的，我不行，你还不放心啊？

一语出口，两个人都尴尬地僵在那里。

无处可去，厉槟榔整个下午都在河滩闲逛，河水早不似三十年前丰沛，甚至河流的主航道也缩窄了。从前河流的两岸遍种水稻、莲菜，水稻是香水稻，莲菜切开有九个莲孔，于是就叫九眼莲，极其鲜脆。后来河水水位低下去，稻田、莲菜灌溉有难度，每每为放水谁多谁少发生冲突，陆续改成种麦子，再后来，麦子又不及别的作物值钱，于是纷纷改种

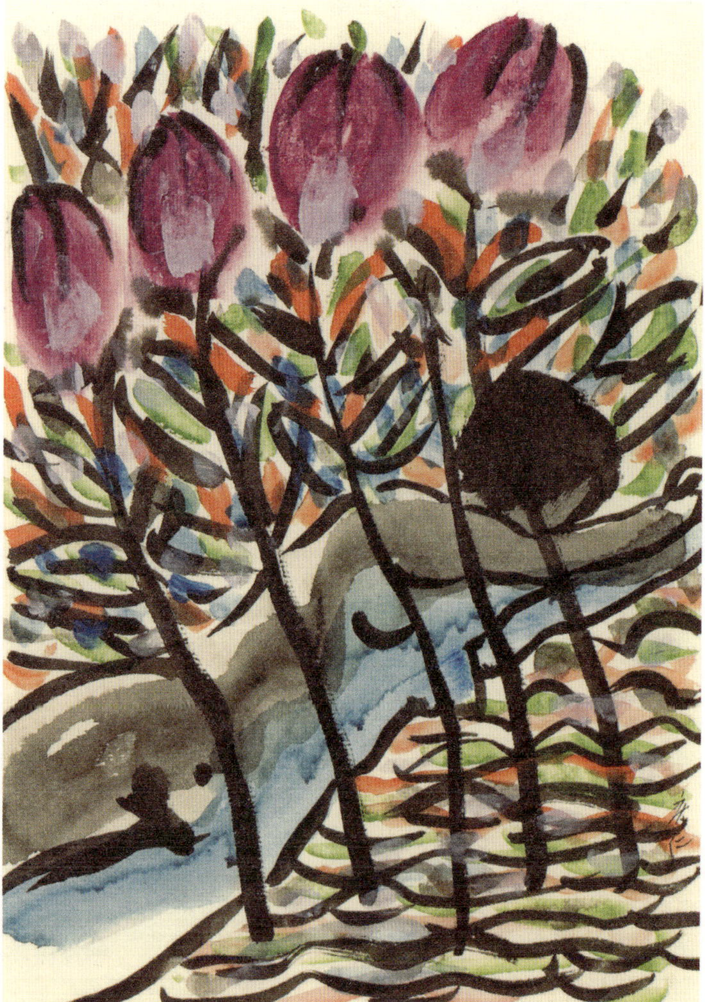

经济作物。发展大棚，大棚蔬菜，开始种黄瓜西红柿，后来连这个也嫌不赚钱，便改成更高级的大棚作物，奶油草莓、奶油西瓜，总之啥值钱就种啥。稻田以及莲藕变成往昔回忆。

厉槟榔在河滩上走走停停，脚下踢着石头，不时弯腰捡起一块，河滩上有许多形状多样，纹路奥妙的石头，把这些带到城里都是稀罕物件。但厉槟榔无意收藏石头，他随手捡起来，又不经意扔掉，手上掂着，不要沉重。这样走走停停，和一群少年相遇。

厉槟榔不太识得眼前少年都是谁家儿郎，但他们对厉槟榔似乎并不陌生，见厉槟榔，笑嘻嘻地问话：捡石头呀！等看清厉槟榔手上的那几块石头，忍不住哈哈大笑，一个黑胖的少年说，你们看他手上捏的是什么呀？于是这一群少年向厉槟榔发出河水决堤般地哄然大笑，一路哄笑着，跑远了。厉槟榔蒙蒙地见他们去远，又看见一个少年，眼睛里闪烁着揭秘的热诚，独自向他跑来，用带有几分同情的语气对厉槟榔悄语，你晚上还是操点心吧，你家立春棚屋下的梯子，看被人踩光滑了没。少年很智慧地替厉槟榔出主意，你晚上搬走藏起来，早上再搬回去。料定立春也不知道。

厉槟榔听见自己的头盖骨处轰然一响，眼前一阵雾气，他摇了摇头，才让耳朵又恢复了听力，他听见不远处平静的流水声，听见风在耳边呼呼的喘息声。他看见手上捏着的石头，都是料姜石，这些被称为泥土之筋骨的料姜石，最初都是上好的泥，年复一年被河水激荡冲刷，最后只留了来这些泥之筋骨，又被河水冲上河岸，留在那里，有的像怪兽，有的像钟乳，有的，竟成了一根根惟妙惟肖的男性生殖器。男人的，生殖器。这就是那群少年看见河滩上游荡的厉槟榔手上拿着这样的石头，一看就懂，懂了就笑的原因。

厉槟榔看清攥在自己手中的那三根坚硬的"生殖器"，忍不住笑了起来，起初是嗤嗤地笑，担心被谁听见了似的，接着他狂笑起来，笑到踹息，呼吸紧张。但是他又哭了，厉槟榔嚎啕大哭。他一手托举着一根石头的生殖器，一手举着自己的残指头，在空无一人的河滩大放悲声。

只有河里的水流缓缓流淌，只有早春的风，有些寒凉地吹着厉槟榔，要用干涩阻止他喉咙里的嚎啕。

雨　水

> 黎明到来的时候，
> 他眼前尽是阿桃那桃花一样美丽的眼睛

　　雨是夜里落的，早上，从工棚豁口般的门脸看出去，一片狭窄的绿映入阿斗的眼睛，麦子，阿斗熟悉那绿。要看见麦田，在这个城市要走出十几公里，眼下这片小小的麦苗根本构不成麦田，撒了麦粒的人也没打算在这里收获更多麦子，麦苗在这里充当廉价草皮遮掩赤裸的土地，赤裸就要受罚，因此圈了这片土地的人就想出这个办法。但此刻出现在阿斗眼前的麦苗还是提醒着阿斗。

　　这土地边上临时搭铺的一夜，临时的一片麦苗此刻正提醒着阿斗，他口袋里装着的那张他在网上预订的火车票三天后出发，第四天早上，这张车票就把他带到那个叫流水镇的镇子了。出现他面前的将是妻女的脸，以及她们身后广大的麦田。

　　三年来他过着在樟木头镇和流水镇之间徘徊往来的日子。

樟木头镇和流水镇虽然都是镇子,但两者的差距就是叫狗剩的富二代和赤贫的老狗剩之间的距离。这也是阿斗为何要在两个地方候鸟一样迁徙。在流水镇,他做梦都赚不到在樟木头赚到的钱。

昨晚因为送货工人的迟延,阿斗需要临时睡在工地,当他给阿桃打电话说他晚上不能去她那里的时候他甚至心中暗喜,今夜他渴望一个人住,哪怕住工棚。他心里有点乱,自从他在那个小超市的收银台边邂逅阿桃,这乱就住在他心里了,这几天这感觉格外强烈,使他心神不宁。趁着今夜独处,他得好好想想。

半年前的一个傍晚,阿斗在樟木头镇台湾人开的超市买东西,其实他只是买了包10块钱的烟,那是他在那家超市能找到的、勉强能接受价格又是自己需要的东西,他实在不好意思空手出来。那个守店的女孩一直看着他东摸摸西看看,空手出来,是有点丢人。他本是进去看稀奇的,但这"看"却让他付出了"十块钱的代价";当他在超市出口遇见前面的女子因为没法刷卡却又没带现金结账的时候,他本来可以把那包烟悄悄放下轻松走出去的,但他鬼迷心窍,手上还拿着那包烟,并且又多付了二十八元钱——帮前面那个女子结了账单,因为他看见她只是

白 马
Baima

买一包卫生巾，他想一个女子这会儿买不了卫生巾是多尴尬为难的事情啊。他一瞬间心生豪情，为女子慷慨买单。他想算了，往后汲取教训，再不敢去奢靡之地体验了。

他走出超市大门后被女子喊住了，她说让他留下账号，她把钱打过去，他觉得这女子的话十分不可靠，二十八元钱，还从银行转账？他忽然想，管闲事是真不应该，没准管出一个女骗子。但那女子执意让他留下电话号码，她明天就还钱。阿斗得到那个女子的电话是一个月后，女子说，她的台湾老公来了，她不得不昼夜陪伴。

阿斗得到那二十八元钱，也卷进那女子的生活。

现在，阿斗当然知道那女子叫阿桃，他们来自同一省份，他们同岁，他们都喜欢吃口味浓郁的酸汤面，他们都喜欢看《非诚勿扰》，此前阿斗看《非诚勿扰》要和五个弟兄挤在宿舍里，现在他经常能在阿桃奢华的别墅里，在软如云朵的沙发上。当然，他们还喜欢做爱，做爱的感觉让他们常常就忘了自己是谁，以及是谁的谁。

今夜，阿斗一个人睡在四面透风的工棚里的时候，他忽然想到自己的身份，他是谁的谁。这个问题使他辗转反侧，答案虽然就在心里，就在嘴边，但此刻他依然辗转反侧。

他前半夜觉得对不住妻子,后半夜觉得对不住阿桃。黎明到来的时候,他眼前尽是阿桃那桃花一样美丽的眼睛,阿桃的眼泪也是桃花瓣一样的。半年来,每次桃花喊他老公的时候都要掉眼泪,桃花说,若是今生谁能喊她妻子她就是一个幸福的女人。

桃花这时候就纠缠他喊妻子,但他从来喊不出口,他知道,妻子在千里之外的流水镇,而怀里的阿桃,该是那个在台湾的半老男人的。

昨天阿桃把一张卡放进阿斗的口袋,阿斗当然知道那是张信用卡,台湾人给阿桃的信用卡,阿桃只能购物,却不能得到现金,这也就是阿桃买一包卫生巾也要刷卡的缘故。昨晚阿桃把卡给阿斗的时候,嘱咐阿斗,所有回家要买的东西都用这卡刷,阿桃说,算是她的一点情谊。

尽管阿斗觉得口袋里装着块火炭,却无力把卡掏出去。他从未有过刷卡的体验,他没过过那样的日子,他不知道一张没有一分钱的卡咋会刷出那么多硬铮铮实实在在的好东西,他的心里好奇住得满满的。

他想好给父母的礼物,也想好给妻子阿兰和女儿小小的礼物,他还要给阿桃买一件礼物,都用这张卡刷。刷,刷。

但是，这个早上看见这片青青麦田的时候，阿斗却想到如何把这张卡还回给阿桃，他想若是见了阿桃的面，他肯定会把话说错，或者自己一时心软，再犯下更大的错也是可能的。

"我索性把卡投进阿桃的信箱。"他终于想出一个主意。

"我发短信让她去信箱取出台湾人的卡。"他更加确定。

"阿桃，你的酸汤面做得真是好吃极了。嗯嗯，你若是愿意在我们厂子跟前开个面馆……我一下班就帮你照顾……"他的思绪漫漶开来，像雨水蒙在那片翠绿的麦苗之上。

"阿桃……"他有点热泪盈眶了。他是不能无声地离开，那样对阿桃不公平。他盼望交接的工人早点到来，又盼望他们晚到，他不知道下来的这段时间，倘使他不去找阿桃，他能做什么！阿斗真希望时间一步就走到三天后，走到他在火车上的那一段。

也许是一夜辗转，阿斗竟然又在悉悉索索的雨声中睡过去了，一下子就睡过去了。他做梦了吗？像是做了，他的眉头时而扭结在一起，时而又嗤嗤地发出笑声。

幸好这个工棚离城市那么远，他困在梦里或在梦里开心，都不为谁知晓。

祈 雨

祈祷年景风调雨顺的愿望,在骨头里

　　阿斗踏进流水镇,遇见厉槟榔。

　　厉槟榔骑在摩托车上,嗡一声,就到了阿斗跟前。

　　厉槟榔说,一大早出门,碰上的咋是你这远路人。你回来年后还出去不?

　　厉槟榔冲阿斗晃一晃手。阿斗看见厉槟榔缺了根手指,残废了,吃一惊。

　　两人站着寒暄,厉槟榔说他有紧要事,要去镇后头吴婆婆那里借斗方,午后尚爷祈雨用。摩托车开出去又停住,厉槟榔扭头嘱咐阿斗,下午三点半,在四方街祈雨,要来!

　　如果你是外人,站在流水镇看世界,你会心生恍惚,就算今天,这里也仅仅是解决了温饱,远说不上富裕,年轻一代走到他们祖宗几辈都没能走到的地方,却和这里有着舍弃不掉的联系,他们知道北京的王府井，三里屯，镇上有人甚至在798艺术区办过展览。生了病，他们在北京的大医院求医，也去道观祈药。留心天气预报，一周，半月的天气预报都在网上查询，却也虔心诚意地祈雨。

八十六岁的尚爷健在。只要尚爷在，这祈雨的事就落不到别人头上。

流水镇的土地一年年减缩，但他们对土地的情感不能了断，祈祷年景风调雨顺的愿望，在骨头里。

冬月没见一点雪星子，眼见着雨水节气到来了，仍是没见一星雨。老人望天，一声叹息，这天呐！眼神和语气里，满满的不安和愁烦。又不是没得吃，愁烦个啥。有年轻人不以为意，立即招来老人的训斥，黄口小儿，不知轻重！

两月不下雨，连尚爷都不静不安了。他昨晚捎话把年轻的镇长叫来，说他要为镇子祈雨，嘱咐弄全祈雨的物件，还嘱咐把镇上的年轻人都叫来，能到的都到，看一次少一次，尚爷语气里有截铁的果断。

参加祈雨的年轻人都被尚爷分派了活儿，分给厉槟榔的，就是去镇后头借吴婆婆的斗方。

阿斗看见厉槟榔急火火去借斗方，赶紧回家和媳妇景波报到。景波正在院子里用棕毛扎扫帚，说是祈雨用。阿斗在心里笑了，他感到一阵轻松，一阵解脱，一阵感动。

阿斗回镇子见到的这两个人，都在为即将到来的祈雨忙碌，叫他莫名兴奋，日子一瞬间在他心里现出紧致的形状。

匆匆吃了景波做的热米皮，阿斗帮景波扎扫帚，随后把十几把扫帚拿到了四方街上。这些年，四方街很少像今天这么热闹过，似乎能来的人都来了。男人黑衣白巾，在屋檐下一顺站立，少见的安静，没人吸烟，没人吐痰，没人讲笑话，看着都庄重。寂寞多年的锣鼓手也从这里那里凑齐，坐的坐，站的站，也都安静。只有红白纸扎起来的龙在风中一扭一扭的，像是马上就要飞到天上去，行自己司雨的职责，广场清洁，盛大，一派庄严。

黑衣黑巾的尚爷是坐在一把竹椅上被四个后生扛过来的。他一出现，"祈雨"的仪式就算开始了。参加仪式的队伍在尚爷身后罗列整齐，妇孺走在队伍最前面，老妇手持扫帚扫土，少女拿着没有一片绿叶的柳枝洒清水。

队伍开走。

唢呐声的高音拔起，锣鼓声跟着响起，陌生的调子让人的脊背起一股凉。

镇长谢昌华恭恭敬敬地把用麻绳固定稳当的斗方套进尚爷脖子，那是几代人盛装过麦子玉米，借过还过面粉小米的斗方。从前庄户人家人人熟悉的斗方现在虽然没几家有了，但却是这古老仪式必须有的神圣物件。斗方的底部埋着火药，上面薄薄覆盖一层草木灰，一支高香插在斗方正中间。祈雨从高香点燃正式开始，祈雨过程最长不过这一根香燃尽的时间，高香燃至根部，若没下雨，斗方底部的火药将燃起火焰，那年迈的尚爷就有可能用老身祭祀苍天。

祈雨人群的心思是复杂难言的，每个人，哪怕是对世事混沌一片的孩子也感到从未有过的紧张，所有人的心思凝聚一点，那就是祈愿雨滴早点落下，哪怕只有三五点，也成。

唢呐声有撕裂人心的紧张，只有尚爷，在队伍中走得缓慢稳静，仿佛他八十六岁的生命凝固为这一刻的庄重。

尚爷鳏居多年，用他自己的话说，老天爷不叫，死不了。干旱祈雨的动议由尚爷提出，祈雨的念头在他心中翻涌，压下去，又冒上来。

这些天，尚爷总回忆起他小时候看爷爷作为镇上最年长的人，带头祈雨的场景。有生之年，他也要扮演一回这样的角色，如果天不成全，他就用一把老骨头教给后代知道这身体和生养之地的关系。

老迈的尚爷迟缓稳静地走着圈，所有能扭头看尚爷的人都扭过头看他胸前的高香。

过半了。

剩三分之一了。

三分之一弱了。

担忧的气氛笼罩，人群努力保持镇静，似乎被尚爷的精气神鼓撑着。

紧张忧虑中，只听天空哗啦一声，午后一直闷着，像蒙着一层灰布的天空哗啦一声撕开，被风推送着，一朵轮廓鲜明的云团奔涌过来，浮在这群黑漆漆的，被某种秩序制约着的人的头顶，闪耀着银亮光芒的雨刷地落下来，尚爷怀抱的高香升起一股蓝烟，被雨点顷刻打灭。人群爆发出一声类似嚎叫的嘹亮声音。人们欢呼起来，锣鼓唢呐在那一瞬爆发出最高音，纸扎的龙在雨的密箭中乘风飞舞，就要飞升上天。

老人孩子壮年人，都在雨地接受着洗礼，发出情感一致却带着属于自个儿的欢庆声。

三分钟的雨水。整整三分钟。阿斗站在雨帘下，仿佛被圣水沐浴的圣徒，他想哭，想喊，想要嚎叫，想要冲进田野的深处。

阿斗想起了桃子，他立即给桃子打电话。电话里他呜呜咽咽，不成句子。

于是这个下午，刚刚把"台湾老公"迎进门的桃子听到电话里阿斗泣不成声地向她一遍又一遍地念叨，你应该回来，你三年都不回老家是不应该的,你该回来看看,回来看看。

台湾人听着电话里隐约的哭声,问桃子,是谁死了?

桃子平静地说,奶奶死了,我得立即回家。

《小说选刊》2016 年 11 期

清 明

天空晴朗,草木繁茂,空气使人沉醉

看见杜鹃占满窗台的那些绿植,杨双绪就觉心绪缭乱,大大小小、瓶瓶罐罐的植物一律养在清水中,竟也能活,能长。植物的根系依着器皿的形状,曲折回旋,一根根、一圈圈堆放杯盘碗盏,既脆弱又顽强。若十天半月不添水,那些红啊绿啊也枯萎。植物有根,但杨双绪直接称杜鹃窗台上的植物为无根植物。杜鹃这次生了气,伸手就把一株风信子从瓶中扯出,瓶口窄,杨双绪听见类似红酒瓶开启的"啵"的一声响,杜鹃抖擞给杨双绪看风信子的根,使杨双绪吃惊,那些没了依托轰然悬垂的根系,竟是植物本身的几何倍数。

杨双绪有次梦见他和娟子双双变成了这样的植物,在一枚窄口径的瓶子里,艰难地向外探脑袋,踮脚生长。把梦说给娟子,娟子不屑,摸杨双绪的脑袋,问他咋还褪不掉诗人善感的毛病。

　　自从那些植物摆满窄窗台，开合窗帘的活儿，杨双续就不再干，他一动手，总有一个瓶子或杯子打碎在地上。杜鹃不得不说杨双绪的手邪气。至此，早起睡前，拉窗帘就成了杜鹃的专职。有次杜鹃先上床，努嘴让杨双绪关窗帘，杨双绪钉在窗边不动弹。杜鹃生气，杨双绪似乎更气，他说明明是植物都能爬过脚背的山野长大的孩子，进了城，咋就变得如此琐碎小气？这点毛毛根根，能和发出海啸般的森林涛声比吗？

　　这次不欢后，杜鹃把植物都送了人，但下一月，相似的植物又来到窗台上，占满窗台。

　　眼看清明节到了，过年时爹就嘱咐杨双绪，前几天又打电话叮咛，要杨双绪清明节早回家，请了风水先生，看坟。按说春节刚回家，再在清明节回老家，不划算。杨双绪把回一趟老家在金钱情感的天平上计算，还是坐上回老家的火车，他觉得父亲矫情，在他看来，父母亲最少还能活三十年。距离坟墓远着。

　　这是习俗，杨双绪说服自己。比如祖父母。祖父两年前去世，祖母五年前去世，但停放在阁楼上的祖父母的柏木棺材，却惊吓过杨双绪的整个童年。在被母亲支使,不得不上阁楼拿东西,战战兢兢,寒毛倒竖是杨双绪最不堪的童年记忆。等到祖父母真的躺进用油漆漆得锃亮的柏木棺材,听吹鼓手渲染着闹哄哄的葬礼场面,从葬礼上流行歌曲的嬉闹到童年的恐惧,让杨双绪有点恍然梦中。杨双绪弄不清童年恐惧的到底是什么。死人?鬼魂?死人不是和块石头一样无声无息吗?杨双绪就有半夜从墓地过也不惧怕的大胆记录。至于鬼魂之有无,杨双绪至今也未理清。

和四十天前拥挤的火车比,此刻的火车太安静太舒服了,凭窗眺望的杨双绪有一瞬间的幸福感。

火车过平原,进深山。一进山,天哗啦一下,变得那么蓝、那么深,在那片蓝天下,一堆堆、一簇簇、一条条、一溜溜的金黄菜花,点缀在碧绿的麦田中,让眼睛舒服,让心怀舒服,要多舒服有多舒服。和春节比,此刻的大地像刚刚睡了个饱觉醒来的人,褪去所有的倦意和不爽。杨双绪感叹他有多久都没和土地,和自然真正亲近过了。春节回家,他基本上天天都是醉着的,不醉的时候他在牌桌上。此刻他有点激动、有点感慨,被杜鹃嘲笑的爱抒情的毛病似乎又上来了。

但临出发前追赶来的杜鹃这会儿却是沉默安静的,她托腮凝望窗外，她不再嗑瓜子，不再翻动手机，就那样安静地看窗外大地上的风景，杨双绪第一次发现安静下来的杜鹃有份他陌生的美。使他意外，又心底愉悦。

下火车，再上公共车，之后换坐地蹦蹦。

而去看坟的路还得依靠脚力，其实坟地当然已经确定，就在祖父母坟地坐落的地方，走过十几里乡路，爬一面缓坡，在曲折如绳的山道上绕，就是祖父母的坟地。山洼里，一片花梨树林中的平阔处。

杨双绪早已走出一身细汗，被微风悠悠吹拂，觉得心怀舒畅。听近处叽叽一阵阵的鸣叫，山鸡不时自脚下扑啦一声飞远，鹧鸪在远山的叫声显得山格外深远。

看坟的仪式先是在祖坟挂清明吊子，烧纸钱，放炮仗，那些距离祖坟近的坟墓，哪怕不沾亲不带故，也要一一照顾到，烧纸，不可疏漏。这是近邻胜似远亲的意思。父亲叮咛。

化过了纸钱，就见风水先生时而远观眺望，又眯着眼睛近查，确定下父母未来住所坐落的地界，钉下木楔，随后再选日子请劳力垒出一个空坟。最后一项仪式就是杨双绪代替父亲在祖父母的坟头磕头。自从杨双绪能一个人独自上坟，每年上坟磕头就是杨双绪的事情了，父亲最初只是象征性地

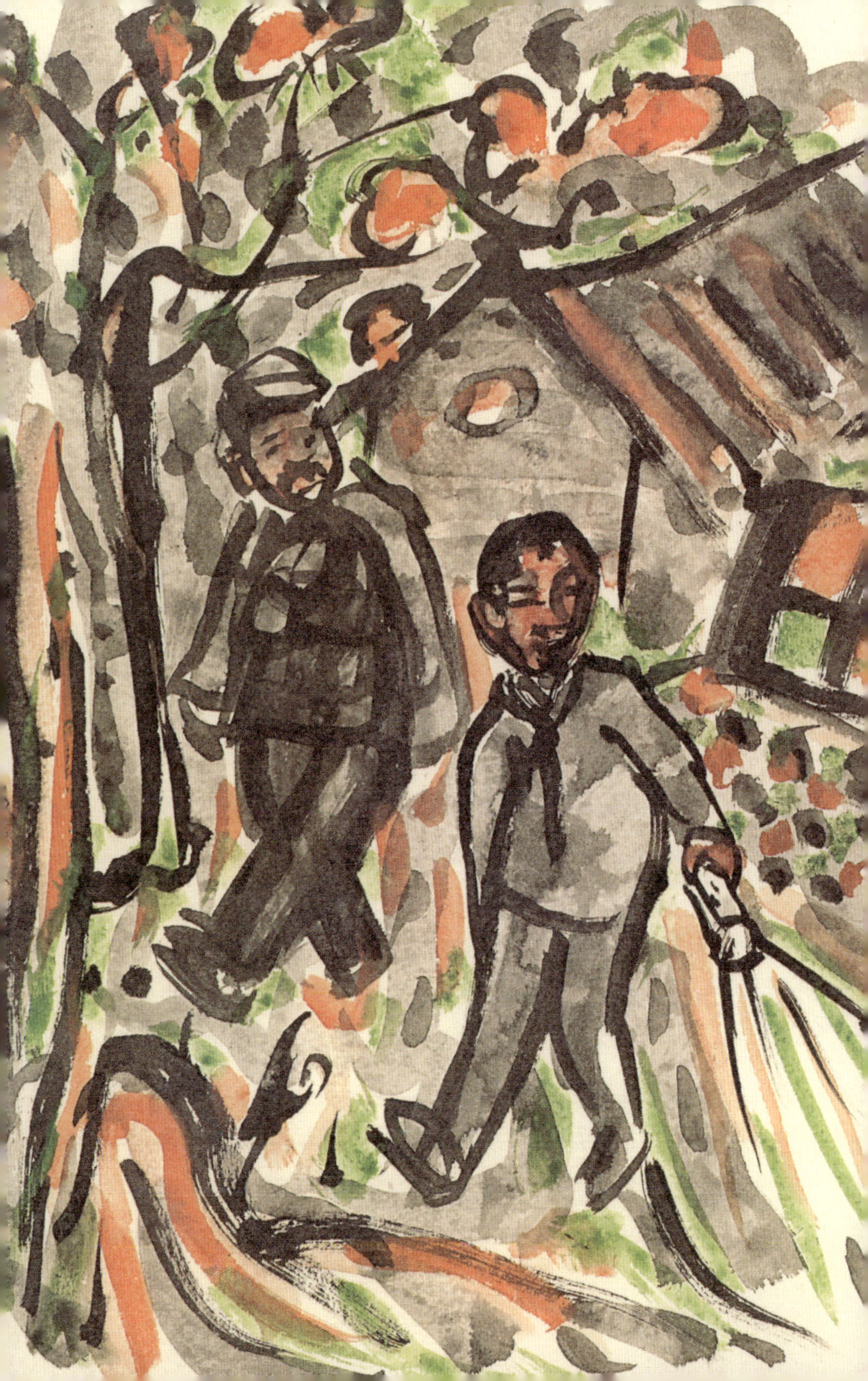

跟来，理一理坟头的草啊树啊。后来就不来了。他有儿子呢。

给祖宗每回磕头的时候，杨双绪都在心里联想到父亲给他起的名字，双绪。他要绪的，不仅是父亲这一脉，外公外婆只有母亲一个孩子，他作为下一代男丁，他也有责任绪上母亲这一脉。

履行祖上传承下来的法定仪式，由天地作证，杨双绪在每一处坟头依次跪下，连磕三个响头。这一次，父亲神态严峻地监督在身边，目光如炬，紧盯他的举动，不放过任何细节，保证仪式的美满完成。在杨双绪膝盖骨触地的瞬间，那一记沉重的跪响，由杨双绪的膝盖，传达到父亲脸上，在那里转换成无言的欣慰与放心。是的，长眠地下的先人借此得以安心，也借此感到慰藉。

天气晴朗，草木繁茂，空气使人沉醉。杨双续随父亲走出山林的那一瞬，心中感动，他很想说，他将来死了也要葬在故乡的山林里，看春天花朵含苞待放、草木盛大，秋天花梨树落叶飒飒，头顶青天朗朗。季节流转，生死轮回，生生不息。这样的轮转使死亡也显得温暖安详，像祖父母，寿终正寝，无疾而终。仿佛落叶乔木进入冬天，就是一个静美。

这一刻，杨双绪忽然明白，为什么自己童年惧怕空洞的棺材，而面对祖父母的死亡，他却没一丝生离死别的惧怕和遗憾。他觉得一个活人的身后有个方位明确的墓园，有一群哪怕面容模糊也是亲人的祖宗在那里耐心等候，迎接你回去，同归一处，是多么幸运幸福的一件事情啊。

　　我之未来，将在何处？是枕着故乡的青山长眠，还是装进石制小盒寄居别人的城市？天晓得。杨双绪在鹧鸪的叫声中回望青山，青山在他此刻的注视里，含情脉脉。

　　　回到鹅城，杜鹃买来一个大缸，说服房东让她放在窗户下面的院子里，那里能晒到阳光，也能接纳雨水，杜鹃偷偷告诉杨双绪，未来，不管他们搬到哪里住，这个缸都随着，而且要保证缸里的橡子发芽生根，长成巨大的橡子树。等他们将来变成一撮灰，也有一个类似故乡的生态接纳他们。

　　杜鹃说，橡子是她清明回家看坟从老家的树林里捡来的。杜鹃的话让杨双绪发了一个呆，他疑惑自己从来都没真正理解过杜鹃。杨双绪一瞬间生出自责。

《延河》2016 年 3 期

多肉和橡子树

> 让小小的橡子树和脚下的泥土扎实，
> 长出一片橡子树的绿荫

在鹅城生活过三个月，清明节从故乡返城，杜鹃把一粒从故乡山林捡的橡子埋进一口大缸，她想，此后不管走到哪里，栽橡子树的陶缸都要紧随。我们借此解释杜鹃爱植物，似也说得过去。

比如，雷神有菩萨像；金手指让人联想镀金的佛手；生石花像小乌龟趴在清溪中，裂开的龟甲缝里开一朵艳生生的花；宝石花光闪熠熠，很像红宝石；虎刺梅的花瓣看着让人生食欲……多肉植物给杜鹃最多的联想是吃，她想偷偷把它们放到唇齿间咬一口，她想象它们汁水四溢的样子，是酸还是甜呢？

在鹅城不到一年，杜鹃已经换了五次工作。这一次，直接和她热爱的植物打交道。尽管只是些多肉。

陶舍是一家陶作坊，地处繁华闹市，却能闹中取静，跨一道门，门里的静和门外的闹恍惚两个世界。像杜鹃这样爱热闹的人也能第一眼看出陶舍的静好，她满心喜欢。偶尔一队小学生组团来陶坊玩泥做陶，叽叽喳喳，吵闹得像"麻野雀戳了一扁担"，杜鹃想到外公最爱的这个比喻，悄然自笑。孩子的吵闹声消失，陶舍立即恢复那没有涟漪的静。至于在此做陶的那些学生、技师，他们常常忽略语言的作用和意义，他们很少说话，很少交流，仿佛手中的一团泥巴足够他们对世界表情达意。

陶舍做陶，卖各式各样大小不等，形状各异的陶器，盆盆盏盏，瓶瓶罐罐，一些陶器和物联合包装，比如，陶罐可以是香料罐、茶罐、干果罐，陶瓶可以是酒瓶、花瓶、水瓶……可以单独买，更欢迎联盟发售，生意要赚大钱不易，但经营者本着喜爱和兴趣，做陶艺推广，其意在于开一扇小小的窗口，吸引更多人到陶舍的大本营，富平国际陶艺村去。陶艺村有建在百年老陶作坊基址上的陶坊，每年有国际性的陶艺术节，来自世界各地的住馆陶艺术家在那里创作。陶舍的建立，就像陶艺村这棵大树延伸出来的根，不定从哪里冒出来，冒出来都有一杆绿、一叶新。缘一片叶，一根藤去找根本，这也许正是陶舍，

白　马
Baima 183

你寻不到它从哪里赚钱,但却弥漫商机的地方。

它像一面小小的酒旗。如此,我们就能看懂杜鹃在这里伺候那些大大小小陶器中的多肉植物的意义了——也只是给百里外陶之故乡那匹大锦上添一朵细碎花而已。

杜鹃每天打理那些多肉,根据售卖情况适度移植,及时把那些种在后院沙地上的多肉植物移栽进新的陶盆陶罐中,好满足客人随时带走。陶舍呈"L"形布置,百平方米的空间是做陶体验区,制陶的泥巴从百里外的陶艺村运来,在这边加工,如果短期内数量足够,就本地用炉子烧制。这里更多是陶艺术的普及、体验,是趣味和娱乐。不就是想要一件自己亲手做的陶器吗?成。还有茶+食区域,你可以约两三好友,喝喝茶晒晒太阳吹吹风,有简单却不将就的美食足够你丰富不移窝。好了,那就再来吧。这就是城市,城市为形形色色的人设计了他们想要去的场所,这就是乡下空气再好,风光再美,也不及城市吸引人。

杜鹃工作的地方是后院,以及那个"L"形长廊,那里是卖区,也是赏风景的廊道,来往的人必从此廊过,看上哪个盆里的植物杜鹃就会及时帮对方结账带走,价格从20元、50元到500元的,都卖得不错,如果再贵,一定贵在盆子上,但要求换盆子的人不多,杜鹃一边买卖,就想起以前自己养在各种吃过了罐头喝完了饮料的瓶瓶罐罐里的水生植物,这个多肉,以及装多肉的盆子显然比自己讲究。这也使杜鹃感慨,她距离一个真正的城里人,无论现实和心理,就是那些空罐头瓶、塑料瓶和陶器的距离。

那个栽有故乡橡子树的大缸一次次随杜鹃搬迁,终于落户在陶舍后花园的一片竹林边,竹林和"L"形长廊间有一片空地,那里有三棵在建筑筑起前就存在的树木,一棵香椿,一棵榆树,一棵椰树,这让杜鹃很意外,很惊喜,对建造这座房屋的设计者心生好感。杜鹃幻想这栋建筑的设计师没准也从乡下来,对植物有天然喜爱,这个"L"形状的廊是因为避让三棵树的缘故吗?杜鹃没法求证,但她陶醉在自己的判断里,她发现一角屋檐向内拐了半尺,才避开那棵榆树的躯干,正因为这样,那里留了空地,杜鹃栽橡子的大缸就蹲在那个空地上,橡子春天冒出了一株嫩芽,现在高过半尺,叶子稚嫩,但全然橡子树的纹理和气味,把鼻子凑上去闻,就是橡子那近似于无,却也芳香的气息,一棵小小的橡子树的样子。

充满肉感的多肉植物带着莫名的甜与腻,似乎戳一下就会流出汁水,杜鹃就得忍住伸手指戳一下的冲动;而橡子树就不一样，自从搬来这个院子，杜鹃觉得为她的橡子树找到了归宿，她想如果往后再换工作，离开这里，她会把栽橡子的缸敲碎，让小小的橡子树和脚下的泥土扎实，长出一片橡子树的绿荫。

趁她尚能看顾，她盼望橡子树长快点，长高点，大树不用人养，她的橡子树长到足够自保的模样吧。

这于杜鹃，是一片心安，一份随喜。"随喜"是杜鹃近来去寺庙听到的一句话，她很喜欢，总要找机会拿出来用一下。每用一次，她就觉得自己的能量增加了一分。

《小说月刊》2016 年 7 期

呼 吸

> 除了爱情,
> 还有什么能使一个扬眉女子黯然神伤?

在茫茫黄土间穿行,一世界的黄土,看得人眼仁子似乎都添了黄。子玉心上的惆怅像唇上的焦渴,喝再多水,都难消退。

鲁子玉从来都不是个果敢的人,这一次,第一次,她说走就走,还选择自驾,完全忘了常常被人嘲笑为路盲。她唯一确定只要沿着 G70 走,就能走到一直的故乡。鲁子玉说,我去,我看见。看见了或许就放下了。

唉,除了爱情,还有什么能使一个扬眉女子黯然神伤?

鲁子玉飞蛾扑火般地爱上一个人。她纠缠,困苦,在每一个夜晚醒来,她用幻想把十年婚姻中的丈夫用阿拉伯飞毯载到另一颗星星上,再把爱人那个在她的想象里千娇百媚的新娘做主嫁给上帝。蓝色地球上就只留下梦中的两个自由心、热烈身。

认识鲁子玉的人多会说她是一个能给人愉快感的人，鲁子玉就不止一次听人说她"快乐的味道四处漫溢"。鲁子玉每回听见，都在心里发一声怪叫。她倒是愿意给人留下这样的印象，哪怕是错觉。想这个世界，如果人人都有看进你内心的本领，倒是可怕。

用笑容做糖衣，和人保持适度的距离，是鲁子玉想要的。

和一直不是一见钟情。一见钟情很难出现在鲁子玉身上。她太习惯在情感上考量彼此，因此骨子里她对爱情保有本质上的怀疑，她渴望爱，但她很难确信爱的存在。和一直从遇见到不久前鲁子玉在电话里火山爆发般地喊出那句"我爱你"，时间跨度一年半。一年半，如果爱情可以开花结果，那爱情的新生儿都出生了，会笑了。鲁子玉在喊出那句使自己赤裸的"我爱你"之后，无限悲哀地想。

语言上的你来我往，一年半的文火慢炖，鲁子玉内心的情感饱满深沉，香气馥郁，守着这样一锅珍贵无比的汤汁却忍受着焦渴，是什么逻辑啊？鲁子玉苦笑，莫名想到那只想喝到瓶中水的乌鸦，那个下午，鲁子玉在屋里走来走去，不断念叨：一只乌鸦口渴了。同时收拾行囊，上路。

鲁子玉开车在路上。慢慢走，慢慢回想。

回忆的力量剥开了糖衣，苦味黏在舌根。

是哪天开始的，鲁子玉习惯了和丈夫的冷脸相对？他们早上前后出门，晚上总有一方很晚才回来，回来也是立即钻进自己的空间，两人竟可以早晚不相遇。

某天丈夫收拾了行囊，来和鲁子玉告辞，说他要走了，再不回来了。鲁子玉听见自己说：好啊，那你多保重。冷静地看着丈夫离开，心里浮起淡淡的释然和轻松。鲁子玉带着淡淡的释然和轻松醒来，方知是梦。鲁子玉坐在床上回味梦境，心里一片荒凉。

现在那片荒凉漫漶开，浸漫到眼前无边的黄土地。偶尔一片庄子闪过鲁子玉眼前，那些低矮的房屋，似乎在诞生之日，就已显示了废墟的某种气息。鲁子玉很想走进某个庄子，看看那在灼人骄阳下显得格外低矮的屋檐下的生活，但村子总和子玉隔着一条沟、一道梁，看似咫尺，却远如天涯。

终于有一间黄色土坯房出现在鲁子玉眼前，鲁子玉果断把车拐进那窄窄的土路上，找一处停稳车子，向屋子走去。鲁子玉和一个边带头巾边向外走的妇人迎面相遇，子玉一时不知该说什么，倒是妇人反应快，周到地询问眼前陌生人：屋里歇歇？

鲁子玉顺水推舟，嗯，那就谢谢你了。

在后来的回忆里，鲁子玉想这可能是上天安排的一次遇

190

见,但是,于遇见的双方,这样的相遇与分离,又有什么特别的意义?

随妇人踏进门槛,妇人连声向外呼唤,告诉子玉被唤的是她女儿。但那个女儿只在门口应一声,再无声息。妇人开始诉说女儿,诉说女儿得了癌症,皮肤癌,脸面上不好看,羞于见人。从眼前呼喊不应的女儿到接连死去的长子和长女,妇人开始给周子玉讲她半生的苦难,使鲁子玉大为惊讶,使这个阳光晃花人眼的午后在鲁子玉眼里魔咒了一般。

十八年前,妇人一向好脾气的丈夫失手打死了人,进监狱了,丈夫进监狱的那年,他们的小女儿,眼前这个母亲呼唤不来的女儿还在妇人腹中。妇人独自养大了他们的一儿两女,其间有什么艰难吗?妇人没给鲁子玉说,妇人一直在重复一个细节,她那把生命定格在二十一岁的儿子常常把母亲给他的一块钱从柜缝里再塞回到柜子,儿子说,母亲太苦,他能为母亲省下就省下。努力要为母亲承担生活重担的儿子却死了,绝症,病因不明;接着她的大女儿也死了,相似的病状,一样的模糊理由。现在,挣扎在死神门槛边的是她的小女儿,十八岁的少女在看过哥姐的死亡后,有宿命般的平静,等死,如待宰的羔羊。

阳光爬过门槛照在鲁子玉的蓝色牛仔裤上，照耀出一片白光，鲁子玉呆呆看着妇人那欲哭无泪的眼睛，觉得身处梦魇。直到她看见妇人的嘴唇不再翕动，才想到是告辞的时候了。她感觉脚挪出了那道门槛，炽白的太阳下她微闭眼睛，确信很久不犯的偏头疼又犯了，她按压着太阳穴，趔趄着向外走。

妇人匆匆从身后赶来，在鲁子玉手里塞进什么。

直到坐进车子很久，鲁子玉才看清自己的两腿间，卧着一只香瓜，让她恍然想起，被妇人追来塞在手中的，就是这只瓜。

她依稀回忆起，妇人说多谢她这个陌生人的来访，使她的门槛有人来踩，她感谢她能来听她诉说，她是真主派来的。妇人还说，客人进屋，却没招待客人一杯水，好在这瓜是熟了。

瓜的香从鲁子玉手上弥散开来，漫在车子里，鲁子玉的手指抹过瓜皮，她感到细细的沙子在瓜和她的手指间摩擦。

鲁子玉伏在方向盘上，泪眼婆娑。

卡

他们的故事再精彩，再传奇，也成往日

我是主卡，他是副卡。柴小薇提升语气，想不通我这样智商的人，对如此重要煊赫的财富细节会不敏感。

我说我是缺乏参照，我只有两张银行卡，一张工资卡，一张房贷卡，结婚十五年，我不知道丈夫的工资卡是哪家银行的。我说，亲爱的，你嫁在豪门，要为财富操心，我小户人家，日子简净。

柴小薇微笑，又叹息。

在失去联络二十年后，我和柴小薇又见面了。

今天下午，不，昨天下午了，我的电话响了，一个甜蜜带着嗲气的声音说，我是柴小薇。

我脑海哗啦一声，跃出一个美人鱼般的妙人儿，可不，我们的校花，我大学同室美人，柴小薇。但是但是，我们有多少年未见面了？

　　怀着万语千言的热诚，柴小薇说，我先百度你的名字，找到你的报社，要到你的联系方式，哎呀呀，互联网时代真是好。柴小薇说，她和她丈夫今天刚来西安，想要聚会同学，晚宴地点都预定好了，只等我聚拢所有人。嘱咐我，都通知到，一个不漏最好！

　　两年前我们发起同城大学同学群，虽说不常见，但群里互动热烈，联络不难。柴小薇归来，男女同学，似乎也都兴奋期待，除了一个远在西藏的同学没法赶回，差不多全都齐了。总共十八人，香格里拉大酒店，柴小薇的丈夫定下酒店最大的套房，宽裕。

　　说起柴小薇，哪怕二十年不见，靠回忆也能撑起一个丰满的夜，但柴小薇夫妇归来，盛大宴请同学，不光为了追忆似水流年吧。他们的故事再精彩，再传奇，也成往日，虽历久弥新，终不敌大家对新鲜的本能好奇。

　　聚会前半场，我们就把柴小薇和宋广志当年的壮丽爱情长卷重温一遍，在当年柴小薇她妈眼里，瘦小清贫的宋广志无疑是一只惦记天鹅肉的癞蛤蟆。不同意，死都不同意。柴小薇妈妈说。但怎敌柴小薇愿意？清贫的宋广志奔走在上研路上，慷慨的柴小薇用做护士的工资养活宋广志。宋广志把从饭票中节省下来的钱给柴小薇买生日鲜花，鲜花怯怯地放在柴小薇家的门槛上，被柴小薇她妈倒上酒精点燃了。宋广志研究生一毕业，就带柴小薇去了广州，黄鹤一去，只把一个传奇留在我们的回忆里。

酒波烟气里，恍惚二十年。

二十年后的柴小薇是三个如花似玉的女孩子的母亲，是职业的家庭主妇，温婉，迷人，笑靥如花。她坐在一圈同学中间，还是一个白雪般的公主。而柴小薇的幸福，女生似乎更看得懂，女生感慨，说柴小薇的妈爱女儿，却没有柴小薇挑男人的眼光。男生真真假假地叹气，和宋广志勾肩搭背，干了一杯又一杯，既像是吃醋的情人，又像是深怀同情的小舅子。

兴尽告别，众人祝愿柴小薇夫妇衣锦还乡，能在故乡创造更大的商业奇迹。拥抱再拥抱，我的手就被柴小薇抓住，说留下来，再聊聊。

宋广志看柴小薇，央求我，那就留下来吧，大房子留给你们，我另住。你们二十年没见了。

用柴小薇的话说，宋广志是会做生意的人，他研究生毕业进了企业，先做有色金属出口，后做地产，现在回来，投资生态农业，虽然见效慢，赚钱少，但这是未来，何况到现在这个年纪，钱不再是第一标准，在西安环山一带，他们将要建一个基地加农户的生态产业园。

　　柴小薇说她久已不做丈夫生意上的搭档，当年她辞职不久，就安心做了全职太太，一个主外，一个安内。一不小心，孩子就生了三个。柴小薇笑，你说这女人的一生，如何是对，是完美？就说财富，说钱，多少是够，钱和幸福是等号吗？好在你不是穷人，你不缺钱，我才能和你谈钱，要不你会骂我，说我站着说话腰不疼。你知道当年宋广志把我给他的饭票钱省下来给我买花，现在宋广志能送给我花园。但一个花园大不过一朵花，亲爱的，你不笑话我矫情吧？我点头。

　　宋广志富了有了，他却不管财产了，他办了两张银行卡，一张主卡，一张副卡，主卡是我的，副卡是他的，他说他所有的财富是我的，我是他的全部财富。他的任何一笔银行交易都让我知道，他说我除了管理好我们的家庭，打扮自己，剩下的就是了解银行业务，这不难，只要看得懂钱的出进就够。比如主卡和副卡的关系，就是我和他的关系，要我掌控他，了解和信任他。我们是彼此赠予、彼此委托、有福共享，责任共担。我给他制定标准，给他消费权。我们的业务走到

白　马
Baima

哪家银行,都是我主卡,他副卡。亲爱的,你明白他的用心吧?我再次点头,我明白你是幸福的,说吧说吧。我温柔地说。

柴小薇再次表示满意,她说难怪你是名记者,你懂人,你是我遇见的最会倾听的女人,亲爱的,你比大学时代更迷人。

不觉天光降临到半掩的纱帘边,新的一天了,柴小薇伸伸腰,感动地说,多久都不熬夜了,女人到了这个年纪更不能熬夜,我们破例啦。

我恍惚欲睡,同时感慨二十年时光,怎叫我们一夜就讲清楚了?因为白天有个采访,我说我必须回去收拾一下。柴小薇在门口搂着我,再次说,有你倾听,我真是太幸福了。我回西安是对的,广州没有你。

某个深夜,电话把我惊醒,柴小薇问我怎不约她?问我还记得上次她讲的事?什么事?我一时难以清醒。柴小薇说,都是假的,哄你的。我嫉妒你。对不起。柴小薇显然喝醉了,隔着半座城,我都能听到她的醉意。

理 发 师

女人看见镜中一个完全不同的自己

生活是一张网。韩吉坐在那把只属于他的椅子上,发出如此感慨。

从面前玻璃墙看出去,深秋的街道银杏金黄,色彩绚烂。倘使阳光晴好,一树树银杏像一树树灿烂的金币,此刻细雨霏霏,银杏树隐退了光芒,现出思考的迷人模样。

韩吉的思考难入深境,因为一个女人袅袅走来,玻璃门无声划开,店员适时出现,恭迎门内。女人熟人熟道,向着韩吉的位置走来。

这是今天韩吉预约的第一个客人。韩吉未起身,就预测了女人今天停留本店的时间,他将为她打理出怎样的发型,漂染出的颜色也是基本确定的。待到这一切完满,女人离开前,如何在镜子前搔首弄姿,顾影自怜,韩吉也是熟悉的。女人成为他的客户十年了。十年,因为每月都要见面,他都没机会看清她是如何一天天变成今天这个眼前些微有了点"老"的样子的。她显然一直满意他对她的"塑造",这就是十年过去,她依然"忠诚"地把自己的头,不,头发,交给他打理的理由。韩吉偶尔想,一个女人对爱情,能否如对自己满意的理发师一般恒常持久,是说不准的事情。

韩吉开店十五年了。

刚开张那会儿,这条街还是荒凉陋巷,银杏刚栽下,细弱的枝头挂着十几片叶子,出租车很少到这条街上来,偶尔来的,出去很少能碰上搭载的人,就更不想来了。

选择在这样的街上开店,亲近的人就为韩吉担心,但韩吉有耐心。他说:"租金便宜。"对方点头。他说:"停车方便。"对方停顿后,也点头。韩吉话多起来,清净、环境美,想象一下,这些美丽的银杏树高茂起来这条街道的景色该有多美。看着对方眼睛睁大,皱眉,哼哼,摇头,又点头。韩吉总结说:"我就是剪刀手,我就是要开一个老店,我的店就叫'韩吉理发'。"

就这样,"韩吉理发"在长安街东段的位置挂了牌子,三年后有了另一家"韩吉理发",细心人识辨出,在这家"韩吉理发"的边上,多了一个手写体的"2"。韩吉第一天看人把那个牌子挂上去的时候在心里沉吟，他对数字不敏感，他之所以在距离第一个"韩吉理发"不到二百米的地方开出这个"2"店，也完全是想要清静有序的缘故，他内心里拒绝大，拒绝喧哗，说到底，他喜欢有序的，能自主的生活方式。

也许这样的想法在第一个顾客临门的时候就显现了。

第一个顾客就是此刻正袅袅向韩吉走来的女人。

两人偶尔聊起第一次见面"过招"的情景，都忍不住调笑一番，仿佛这样诠释两人的相遇和情谊是很合适的。

理发先读人，韩吉说。一个不自信的理发师是难成就自己的名声的，而名声下的信誉，被客户的依赖，很重要。说穿了，手艺人和顾客，就是彼此驯养。

韩吉面对的群体，多为女人，女人进店是韩吉开店的第一周。没人慕名韩吉，进店的人对自己的头发不花心思，只是觉得头发长了，是要剪的，剪短就是了。这样的客户，店里的每个理发师都合适。除了两个洗头妹，余下的三个理发师加韩吉这个老板，四个男生在没有特殊点名外，是按一个基本顺序排列的。

但女人进来的时候，韩吉却先于店员一步搭腔，韩吉说："这边请坐。"又说，"剪头发吧，护理这次不用。"神情中有

202

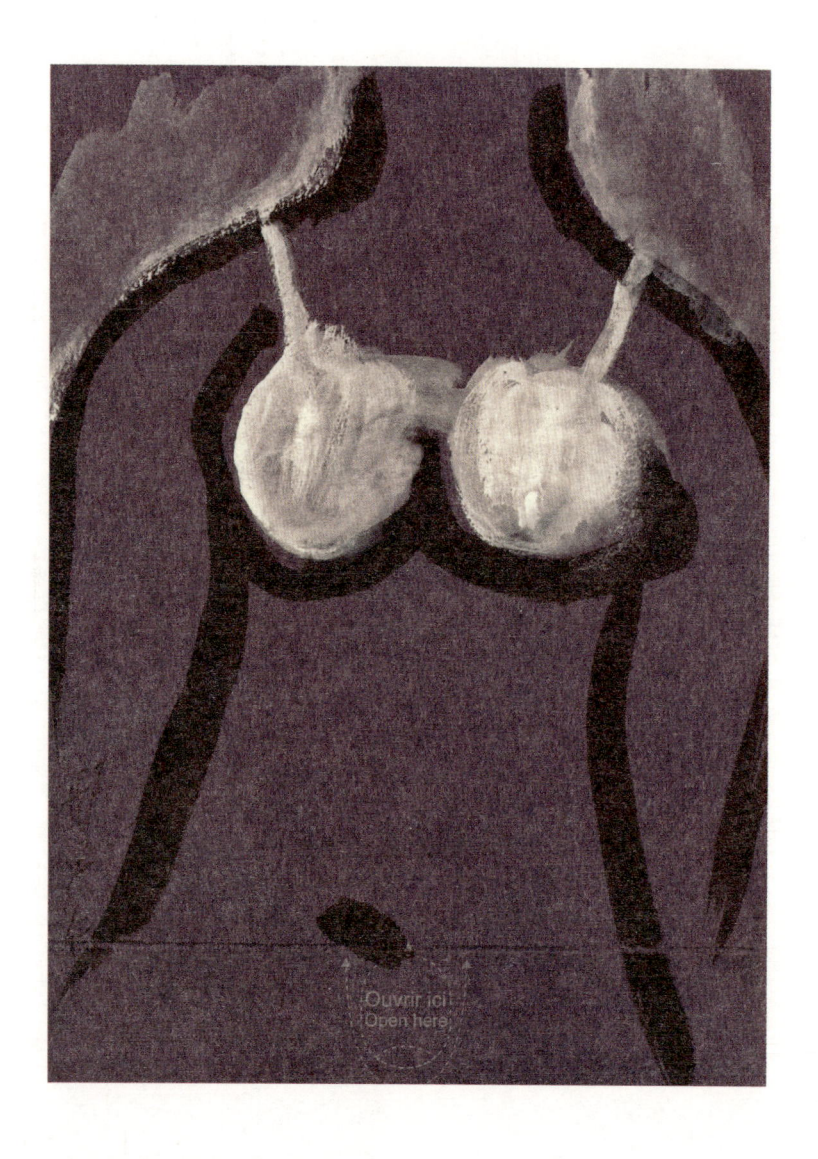

三分傲慢，三分矜持，余下皆是游离的女人眉宇之间"噫？"了一声，当然，这声"噫？"只有韩吉看得懂，听得见。

女人陈述她想要的发型，不要短。刘海要飞扬。耳根脑后如何如何，那样那样。大幅度地比划着手势，韩吉只管听，微微点头，仿佛认同。

女人终于不说话了，韩吉慢声招呼洗头小妹，带客人洗头发。

温水淋在头皮上的感觉使女人惊醒又放松，不觉地在椅子上嘘一口气，走进理发店是一念决定，她没计划理发，但她昨晚和自己最在乎的男人吵了架，憋在心里的气闷无从宣泄，就莫名地想要剪一剪头发。想着走着，抬头看见这家店门。

怀着隐匿的破掉什么又重修什么的心思，女人在韩吉所指的椅子上坐下。

她听见剪刀在耳畔发出一声细碎的声响，莫名地打了个激灵，于是她重申，不要太短。身后一个声音笑一下："您放心。"

放心？女人哼一声，随即陷入昨晚争吵后凝聚在心里的那团气闷中。

等惊醒来的时候，女人看见镜中一个完全不同的自己。头发前所未有的短，短到连耳垂都盖不住了，这哪里是自己描述的那个形象，眼里新添了吃惊，加上旧日迷茫，和不知被什么调制出来的悲欣交集。这是自己吗？习惯使女人发脾气，她不想判断好与不好，只想这不是自己描述的。

"你不知道自己想要什么，我帮你判断，做了决定。请和刚才的你比较一番，有比较才有鉴别，货物尚如此，何况人？"韩吉说完，适时闭嘴。女人张嘴，看镜子里的人，转圈，发现双手无处放置，后悔自己没穿带口袋的衣衫。于是临时决定把自己的意见坚持到底。

韩吉微笑："如果还不认同，你完全可以不买单，过一些天，头发自己会长长。"

一个月后女人又来了韩吉的店，笑容自然，说她来送上次欠的款，顺便请那个她不知道名字的理发师帮她是我头发塑形一下。两人相视一笑。一笑十年。

十年。今天来韩吉店的人完全要预约，不预约当天就不能剪发，或者韩吉不在，在了，一定就有客人，客人走了，预约的客人都打发走了，理发师也是要走的。不复杂啊，这多简单。

韩吉不喜欢等待，如不喜欢自己被等待。现在他每天九点到店里，晚上五点半离开，每个周末休假两天，这是他给自己的规矩，他努力过一种被自己掌控的日子。所以来店里找他理发的，都是会员。

可是这天,韩吉坐在椅子上,看见女人穿过斑马线一步步走近的时候,忽然意识到自己也是被绑架的,被"韩吉理发",被客户名录中那上百个人绑架了。他陷进某种说不清楚的情绪中,发出不被谁听见的一声叹息。

《小说月刊》2016 年 2 期

火 车 站

> 但老人是爱大海的，
> 他觉得把一生都交给大海

一个老人，颜面沧桑，须发皆白，却又有种说不清的洁净感，在这人头涌动的火车站，老人浮动的白发让他看起来有点浮出芸芸众生。

老人从一辆蓝白相间的火车上下来，随人流向外走，如我们所有人下了火车时那样随大流向外。作为孤独的个体，他们从哪里来，到哪里去，是个谜，却能在此汇集，在短暂的一刻方向一致。慢慢的，距离拉开，分散，最后各个消匿在每一条岔道口。

人流像水流遇见沙地那样，一点点渗入不见，最后只剩下老人像一枚树叶，搁浮在沙地上。这期间也有人朝老人走来，又越过他，走远，消失不见。

老人站在原地，似乎在回忆，他的眼神瞬间明亮，瞬间又陷入迷茫,他还是站住,不动,要努力想起什么来。

　　他终于又开始走起来,沿着脚下的那条长廊走。长廊引导他走,长廊不知道他其实在这一刻忘了自己是要去哪里了,忘了目的地,也就无须焦虑,脚下有道,可以引他行走,而走着,总会到达吧?

　　老人走到长廊的尽头,看见一列长长的台阶,台阶通往高处,老人笑了,开心念叨,嗨,老伙计,你在这里呀,可找到你了。

　　老人知道从一列列台阶上去,会是大船的露台,站在露台上,大海一览无余。大海蔚蓝,大海灰蓝,大海也可能暗黑伸手不见五指。老人停在台阶上歇息的时候抬头看见一束光照耀下来,打在左手臂旁边的灰色墙面上,他从阳光判断今天的海面会是蔚蓝的,常常有好几天,天空都是一般蔚蓝,大船在海上行走,给人船并不曾移动的错觉。天空有时候又是那么丰富,简直可以用辉煌形容,太阳是魔术师,带着云彩,朝霞晚霞,风,合谋出这个星球上最绚烂的风景,海也呼应,海捧出它的子民,华丽丽的鱼群,鲸,海豹,海的子民追赶着人类的船只,越过船,像是要和船上那不熟悉也不陌生的人类游戏互动。那时大海是喧腾热闹的。大海有时又是安静的,安静到让人陷入冥想,冥想的海面上,连一只海鸟都没有，海水看得久了，你怀疑海水是凝固的，像蓝色的水晶体，像海水结了一层皮子。

最初那些年，海上的每一种风景都会惹起他们的激情、惊呼、呐喊，后来，就像人们在城市里看见车水马龙那样，觉得每一天都是平常景象，不再感到新鲜好奇。只有需要应对突然的风暴、雷雨、惊险的时候，才会提起他们的紧张。但老人是爱大海的，他觉得把一生都交给大海，和大海搏斗、掌握大海的脾气，学习和大海相处的经验妙不可言，要说清这些啊，那可得费些时间。他在海上度过了二十一年，二十一年，有多少故事、经历、见闻值得讲述！

你看，仅仅这台阶上短暂的一刻停留，就让老人想起这些。老人从回忆里走出，继续向台阶上面走，等走上最后一列台阶的时候，并没有熟悉的海风迎面来，出现在老人眼前的倒是一个平台，但没有海。这让老人有点吃惊，他一时辨别不清这个小小的平台是做什么用的。平台上有一棵开花的树，开花的树让小小的平台现出一股莫名的诗意。老人在那棵开花的树下发现了一把椅子，椅子久无人坐，老人小心翼翼地坐下，他坐稳了，感到宽慰般，又笑了一下，他抬头，辨认头顶的树，树是合欢树。老人想起来，自家院子里就有一棵合欢树，每

白 马
Baima 209

年他休假的时候，都要回到那个有合欢树的院子里，孩子们的笑闹拍打树木，震得合欢花一抖一抖的，合欢摇摆的样子很像是一个人在笑，那时候秧田里的秧苗都已经长齐了，一色的绿。孩子们上学的上学，最小的小孩无学可上，总是跟在他的身后，那个小小的孩子只要看见他，就和他寸步不离，睡觉的时候还要握着他的一根指头才肯安心睡去，似乎是担心闭眼的一瞬他又要离开了一样。是的，他真是有点惭愧呢，一年也只是休假的时候才能和孩子们在一起，假期一个月，偶尔是两个月，但总是不久就要离开的，离开，归来，似乎是平常的事情，他除了想起来心里惭愧，似乎也没更多的办法。时间在他的归来与离开间过去了，后来那个热闹的小院安静了，安静到风似乎都不爱来的样子，没有风，空气就静止不动的样子，凝住了似的。

等后来他真正归来再也不走的时候他们却都一个个走了，他一辈子在大海上漂来漂去，他归来，孩子们却去了他来的方向，三个男孩，一个女孩，他们都去了遥远的大海那边，老人偶尔思索，觉得不可思议。

再后来呢，老婆子也走了，老婆子在他归来的第三年走了，一走永别。这让他伤心，觉得他是再也没有机会弥补点什么给她,虽然他也不太清楚具体能弥补老婆子什么,从前年轻的时候她肯定是非常渴望他需要他的吧,但是后来他们都老了,虽然她的老触目惊心,而他,似乎在某个年龄点上停止了衰老,这让他看上去似乎比她年轻,但这样不是更好吗?让他来照顾她,但是日常生活里却是她在照顾他。因为他几乎不会做任何家务,他要去做一件事情,结果弄得她不得不费两倍的时间重新去做,他只好罢手。

两个人的日子有时候似乎很寂寞,不动的屋子,不动的地面,似乎静止不动的空气偶尔都让他有闷住的感觉,但是他只能呆在这样的地方。久了就好了,久了就习惯了,只是偶尔的一天,小院里来了个年轻人,年轻人说他是来采访他的。

那真是个阳光明媚的早上,他一早上都在说话,向年轻人回忆他在海上的生活,他经历的种种冒险,乐趣,甚至不为人知的秘密。他模拟升帆、解缆、重沉沉的锚落下去的钝感。老人久已没那么激动,激动似乎能吸氧,于是他感到头脑一时清明,胸肺一时大开,真是畅快无比。但是随着年轻人的离开,老人感到周围的空气似乎又凝固住了,一切都恢复了不动的状态。

老人觉的自己要动一动,不动似乎要生锈了,于是他站起来，离开身下的椅子。他左顾右盼，顺着一堵墙壁的外围走，于是他走了出去。

人群一下子又出现在了老人眼前，人来人往，真是热闹啊。老人走到人群的外围，他感觉自己真是有点累了，最近双腿总是显得很无力，这让他走一段就要停下来。一个年轻人见老人走过来，赶紧起身让出座位。老人满怀感激地坐下。

坐下看眼前的人群，时而稠密，时而稀疏。老人看见阳光这次打在自己的右手臂上。再后来呢，阳光走到了他的身后，再再后来，阳光消失不见了。

但是太阳还是会再次升起，阳光会再次临近老人眼前，不管他走到哪里，天总是会黑，也总是会亮，白天有时候有阳光，有时候没有。老人走了很久，绕来绕去，其实还在那火车站的站台周边。

老人走着，不断有声音被他的耳朵逮住，但他的耳朵和双腿一样无力，逮住，又不得不放下。比如有次他听见一个女声在叫卖什么，叫卖声越来越近，后来那声音转到他的身后去了，老人听真切了，逮住了，听见是在叫卖莲子。莲子的影响像一个符号，停留在老人心中，有好几秒。

再后来呢，老人听见有个男人的声音也在叫卖，是卖炒毛栗子,是"热腾腾的新鲜的炒毛栗子"。后来,又在买烤红薯了,烤红薯的香气使老人一阵恍惚,他很认真地向那个似曾相识的买红薯的中年妇女看过去,中年妇女回过头来,冲他笑,走过来,把一个热腾腾的烤红薯递到他的手上。他听见中年妇女说,可怜的人。

——可怜的人。老人回忆女人的话,也想看看那个可怜的人是谁,但是他没看见谁是需要可怜的人。于是,老人再次陷入到那种不时清楚又时时糊涂的状态里去了。

《延河》2015 年 10 期

告 别

旋柿子这天，我们看见鬼魂

旋柿子这天，我们看见鬼魂。

我们是我和我弟。

家里请了村头的黑子智来家旋柿子。

一大早智就来了，细瘦的有点佝偻的背一整天扣在一个窄小的板凳上，黑黑的手捏起一个柿子，左手扣在旋机上，右手搅动旋机把柄，刺棱刺棱刺棱，一个柿子旋出来，刺棱刺棱刺棱，又一个柿子旋出来。

黑子智叫杨智，但故乡人称呼邻里，多爱在人名前加前缀，这前缀通常外人听来不知缘故，落在熟人耳朵里，却唤起认同和亲切。就拿黑子智来说吧，他本名杨智，人们略去姓，唤他智，够亲昵；至于黑子，是智最显见的特征，他人长得黑，又是个男人，这男人虽然不到三十岁，却也是一个拥有手艺的会旋柿子的人。黑子智！黑子智！人们这样喊他，真是很合适呢。

因为脸黑，倒衬得智的牙齿和眼白格外白亮，现出某种难言的干净，这使他的脸给人一种愉悦感，和他细瘦的身子一搭，你无端觉得这个人是轻的可能被忽略的，也是重的是一见之下会被记住的。

智的手黑魆魆的，从那黑手中脱颖而出的旋掉了柿皮的柿子却清亮似乎能够画进画里去，旋掉皮的柿子丢进竹笼，装到半大筐笼，就提到院子里，倒在我爷辫柿辫的竹席上。

柿子皮从智的手指缝里挤出来，和柿身完整地脱开，掉在竹篾编织的箩筐中，也不散，是虚团团的一个个柿子的形状，如果那箩筐是今年新编，柿子的甜味里就混进了竹子的清香气。看旋柿子闷了，我们就抓起一个柿衣，手一抖，柿皮长长，魔术般的一条。不经摔打，刚想像鞭子一样抡起，却断在头顶的半空上。

第一次看过旋柿子，我晚上睡觉就把脱下的衣服用手拢成虚虚的一堆，再不像从前随手一扔，扔哪儿算哪儿。我娘发现了，说这是进步，赏了这句好话后，手中忽然就多了个红艳艳的柿子蛋，也赏给我。

请工旋柿子是家里的大事，一整天的饭食都比平时好，早上照例是玉米粥，但菜不再是单一的酸菜，而是用酸菜炒洋芋片，还有煎豆腐，茄子饼。午饭是米饭，没了酸菜，土豆炒成了土豆丝，豆腐依然煎了，新摘下的茄子在灶底的热炭里烧熟，烤熟了茄子，再在热灰里溜熟青椒，用竹筷划开茄子，用捣蒜的石堆窝捣烂青椒蒜瓣，这个凉拌茄子叫馋死神仙。还不够呢，午饭加了道菜，是洋芋粑粑炒腊肉，这个若不是请工，就要到爷爷奶奶过生日或者过年才能吃上了。也得说说晚饭，晚饭简单了，一大锅酸菜面，不放土豆，只是白面，以示主家请工的心诚和大方。

请黑子智来家旋柿子的那个晚上，和那晚上酸菜面的味道至今记忆清晰。

一天的劳碌，黑子智伏在矮小旋机上的身体本该在晚饭前抬起，饭后他就能从容喝一缸子我爷给他泡的大叶茶了，但我小姨不知从哪里忽然冒出来，手上提了半笼柿子，说今年就旋这半笼柿子，不用再费心搬挪机器，合在这里旋了算了。

外婆的酸菜面已经做好，酸菜面是不能等人的，要及时吃才香，于是大家围桌吃面，吃过了面再给小姨旋那半笼柿子。

我和弟早看腻了旋柿子，这活儿对我们没有吸引力还在于，新旋出来的柿子距离香甜的柿饼还有近两个节气的时间等，要等到霜降以后才甜。旋柿子要捡稍硬点的，硬柿子当然涩，柿皮子更要等到上了厚厚的霜才有点嚼头。待在矮小黑瘦的黑子智的身边，多无趣啊。

吃面后我们鼓着肚腹，去核桃树下的磨道玩耍一阵子。

走到磨道才觉得和闷的屋子比，外面真是舒服极了，清鲜的空气里带点燃烧蒿子的味道，从夏天开始，我们的傍晚总在玉米、谷子、高粱、莲塘、各种果木的香以及鸡啊牛啊的粪气之上，浮漾一股燃烧蒿子的味道，这味道轻了好闻，太重了，也有人嘟哝，一股臭蒿子气！

都说过了伏天，蚊子的针刺消退了夏天的毒辣，叮咬人没了气力，但我在伏天之后，若是给蚊子叮了，痒刺难忍不算，这肿起来的疙瘩经不得抓挠，抓挠会使那个本来不大的包加倍变大，半月都不能痊愈。我就想，叮咬我的蚊子一定是蚊子中的姜，是越老越厉害的。偶尔一声晚蝉的低鸣，仿佛是向一年中最后的日子道别，又像是有无限的挣扎，难言的伤感。

黑子智一天的成绩高高悬挂在磨道上面的核桃树枝上，也在院墙的西墙上整齐成排，看着喜人。用来辫柿子的是新

割回来的龙须草搓成的绳子,也有用苞谷壳辫的,在技术好的人手中,它们一样结实,禁得住重沉沉的柿子。

辫柿辫的活儿我爷爷是谁都不让的,他自己辫得太好,好到找不到一个继承人,只好既骄傲又辛苦着。旋柿子还有机器帮忙出力,把一颗颗柿子掰到绳子上再高高挂起来,就不仅是技术活儿也是重的体力活儿了。

我爷爷像一头倔强又负责的老牛,硬是把一天撑成个圆满。黑子智的柿子旋完,我爷爷也只剩最后一串柿子要挂上墙去。

所以他吃晚饭的心情是愉快的,有疲累过后全然放下的轻松。晚饭后他和颜悦色地退坐进夜灯昏黄的光晕外。他看上去有点虚弱,有点好脾气的样子,稳静地背依堂屋的门板坐定,享受烟袋的样子几乎靠近幸福。

黑子智给小姨旋的那半笼柿子是不用他掰绳子悬挂的,当黑子智再次坐在那张仄板凳上刺棱刺棱刺棱地旋起柿子的时候,我爷爷坐在那里,适时把烟袋从嘴里拔出来,和智说上一句两句话。

奶奶和我娘和我小姨呢,这时在厨房一边闲话一边收拾碗筷。

我现在想说,我们在磨道看见的那个人,那个走进我家院子,眼看进了我家堂屋的那个人,他到底是谁呢?他去了哪里,为什么我们眼睁睁看见的一个活人,他们却都要集体说没见呢。尤其我爷爷,黑子智,我们看见的那个人,就是走进那盏罩在他们头顶的昏黄的灯光下了。近乎走到他们身边了。

至于我们家的院墙，人家都夸说我们家院墙是乡里最好看最高的院墙，青瓦白墙，尤其那棵父亲从百里外的工作地运回来的棕树，一年年高茂，现在早已高过院墙，撑在那里像一把张在墙头上的伞，简直成了我们家的地标。

哥哥考上大学那年，邮差来送通知，一路打听到村口，人家手一指：瞧见了不，那个冒出一棵棕树的院子就是。为邮差指过了路，知道邮差是去送高考录取通知书，那个我叫婶婶的人叹息一般地感慨，看人家，真是好花开一树。我这个婶婶真是语言上的大师，她不仅能以乡村的实际说出好花开一树，她也能充满想象力地说出我们此处根本不出产的景象，她说：烂船倒一湾。

我这样说，是想说走进我家院门的人，要出去，只能原路返回，再无其他道路可走。

可你看么，当我和我弟两双眼睛盯看着一个人走进我家院子，怀着即将逮住一个贼的兴奋，偷偷躲在磨子的后面，只等这贼有妄举时及时跑出来大喊一声"抓贼！"但这贼真叫我们扫兴，他一步一步、从容不迫、轻车熟路地走进了我们家的院子。上了台阶，进了堂屋。真叫我们失望。

我们等啊等啊，等那个黑地里影影绰绰走进去的人再走出来，但是他总不出来，于是我们不耐烦了，就回堂屋探看，看到底是谁来了。

但是，堂屋只有智在收拾他的机器，小姨说不要柿皮了，她只把旋柿子带走。

我们于是同声问爷爷，刚才是谁来我们家了？

谁来了？谁也没来。

我们再三追问，着急着描述进来的人的相貌，但那相貌在我们的描述里，越发模糊成一团朦胧虚影，像柿子脱下的皮。

正在我们没法说清的时候，院子里脚步咚咚地来了人，是隔壁二舅，他跟爷爷说，苟生老汉死了。

我听见我爷爷嘴里"呃"的一声。闻讯赶来的奶奶，把爷爷那一声即将落地的"呃"接起来，于是，又一声"呃"被奶奶的嘴吐了出来。

第二天的早饭又恢复成了玉米粥，洋芋煮在粥里，菜就只是个酸菜，不炒，拌点红辣椒油盐在里面而已。

我们在核桃树下靠着院墙吃饭，头顶昨天旋出的柿子已经有点缩水，退了明黄，增了深红，显出一点点柿饼的轮廓了。

我再次提说昨天那个来访者，坚信真的有人走进过我们家院子，但他进来了又是如何在我和弟的注视里走出去的呢？

我的困惑这次被我奶奶接住了,我奶奶听见我问,若有所思地抬头,顺带回答我们,来者是苟生老汉,他和你爷要好,那个独老汉就只和你爷要好。

他来,是要给你爷道个别的。我奶最后说。

霜　降

妈妈我想你，想爸爸了

妈妈：

夜里忽然醒来，枕上听见天空有大雁的鸣叫，心里吃惊，以为听错了，就起身到窗边。天上正有一轮圆月亮，我真的看见大雁了，最少有八只，或者是十二只，列队从月亮边飞过去，大雁翅膀的剪影，翅膀上的羽毛清晰可见，我低头咬一下手指，确信这次真的不是做梦。

大雁慢慢地飞远，不见。我还站在窗边，后来冷把我逼回到床上，可再也睡不着，于是穿好衣服，在被窝里打着手电筒，给你写信。

节气很奇妙，虽然大人说气候变暖了，冬不像个冬，夏不像个夏，但是你看，刚过霜降，大雁就来了，还是很准呀。今天我们的语文课上，姚老师教的，就是二十四节气里的霜降，霜降往后15天，每五天为"一候"共分"三候"，"一候"里，像豺这类动物要为过冬储备食物了，爸爸说过，我们这里几十年都看不见豺。这真遗憾。"二候"草木黄落，这是眼睛能看到的，爸爸在家每回去田里，或在院门口看我走上去学校的公路，就会说，你看一过霜降，柿子树叶就添了黄红，蒙了霜气。我觉得爸爸不像个农民，像个诗人。

　　写这个的时候我仿佛听到爸爸的声音了，想起他说话的时候嘴里喷出一股股白烟，让霜降的日子显得温暖又像是更冷了。

　　你和爸爸还是每隔一月才能碰上两人的轮休日，才能转两趟车，行五十里地，一起吃顿饭，见个面吗？奶奶说广州很大，我笑话她又没去过广州，你和爸爸也说广州很大，但到底有多大，比我们这里的月亮山大吧？山那边的王二妹，她妈妈每隔半个月就能来学校看她一次，带来家里的腌菜和泡萝卜，萝卜香又脆，好吃极了。我慢慢咀嚼，舍不得快速咽下，不是贪嘴，是我在萝卜的味道里想起妈妈你。你在的时候我们家也有这个味道的泡萝卜。

　　上星期学校来了位阿姨，是深入生活的作家，听说我们寄宿小学的好名声来采访，我们的体育课改成和作家阿姨的

白 马
Baima

见面会，我们在操场上列队迎接她，可能是我站在前排的缘故，阿姨走着走着，忽然在我身边蹲下来，这样她就和我一般高了，她抬头眯着眼睛看头顶的天空，天空湛蓝，阿姨说天空冷艳，像海洋之心。这样的天我们这里常有，以前你说天是你蓝围巾的蓝。你总那么说。虽然你的蓝围巾早旧了，起了毛绒，但你说的时候我仿佛看见那条围巾崭新时候的样子，你说围巾是爸送你的定情物，你说这话的时候脸色好看。呵呵。

　　是不是因为我在回忆里笑着的缘故，阿姨忽然在我的脸蛋上亲了一口，这使我打了个战抖，脊背上生了一片鸡皮疙瘩，真不适应，我多久没和谁这样亲热过了？有两年了，你的手，爸爸的手，都没有碰到过我的身体了。看来我都不喜欢和谁亲热了，但是很奇怪，当鸡皮疙瘩从我的背上消失，当我的右脸蛋由麻热变得清冷，清冷我猜是阿姨嘴里的热气在我脸上消散带走了热量，我们的数学老师每次哈着热气擦拭他的眼镜片，就说水汽遇冷凝结成小水珠。

　　阿姨这一亲，我就闻见她脖子里像极了妈妈你的味道，我心里感动欢喜，也有点难过，因为阿姨的味道一晃而过，留也留不住，我很想抓一下阿姨的手，把我的手放进她的手中，被她的手握住，拉着，走几步，我很想去她的怀里。

估计她抱我也是嫌我重了，两年前爸爸见面抱着我的时候就说，他闺女都长高了变重了眼看就要抱不动了。那是两年前，现在我肯定更高了，更重了，两年前我把爸爸的眼泪都压出来了，阿姨比爸爸瘦，比你也瘦，那她肯定是抱不动我的。其实要是有张椅子，她坐着，我在她的腿上坐一会儿，我就满足了，但我们校长一点都没挽留这位作家阿姨坐一会儿的意思，操场上除了两只空空的篮球架子，找不到一个可以坐的地方，我的心思也只能暗暗地放在我的肚子里。

我就这样眼看着阿姨走了。

其实到我们学校里来的叔叔阿姨哥哥姐姐也不少，以至于我们的老师，校长都有了意见，说影响学校的正常教学，这大概也是校长连椅子也不给这位阿姨准备的缘故。

比如重阳节来的电视台的那位姐姐我就不喜欢，虽然她眼睛大，粉红衣服也叫我羡慕，她还让我在视频里看见了妈妈你，我看见你在那边只顾流眼泪，大概因为激动，说的话含糊不清，结结巴巴，都是病句，要是我那样造句子，语文作业肯定要重写。但是我还是很心疼，我也抱怨我没说好话，只是重复那句"妈妈我想你，想爸爸了。"后来视频挂断了，但是你的一缕哭声从被掐断的线里露出来，像是谁把你的声音弄伤了,叫我很后悔。我几天都不能安心,晚上睡觉,有时候在梦里,都听见你在哭,我觉的这是我不好,连带的,也不喜欢那个电视台来的姐姐了。后来又有一个网站的大哥哥来采访,有三个同学在视频上和父母通话,我只站在墙根,远远看着,替他们担惊受怕。

妈妈,你也给我写信吧,电话和视频里,我们说话总是短,我每次也因为激动说不清自己,电话挂断的时候声音就消失不见了,要把你散在空气里的声音聚合,抓拢,实在太难,那样的夜晚我总是会做不美的梦。

信不一样,它上面的字,每回看着都是清楚的,能看,能摸,能被我枕着,睡觉。

妈妈,知道你很累,爸爸也很累,可我还是盼望你能给我写一封信。好不好呀。

我听你们的话。

你们的女儿,丫丫

《天池小小说》2016 年 4 期

冬至

清明吊子洁白地挂在清枝绿叶间的感觉
让她觉得生死没有那么分明的界限

　　福德老汉是在冬至过世的，立冬一过，他的哮喘就犯了，说来也是老毛病，每年天一冷就犯，天一回暖，自然减轻。哮喘是年轻时候挑担走四川落下的，福德老汉总这么说，但他老伴鹤庆不这样想，她笑话福德老汉是怕死不服老。人老了，病自然来，你都八十了，还想再活八十？像你现在这样，耳背，多喊几声也能听清白，眼老花，多瞅几眼也辨得准人，能吃得下面，也啃得动饼，能睡得去，醒得来，要谢天谢地啦。

　　豁达的鹤庆真的是寿终正寝，一觉不醒去了。这是三年前。

　　鹤庆去了，福德老汉说自己的福气被鹤庆带进坟里了。他爱吃一辈子的南瓜洋芋糊糊面，现在没人能给他做出来，他爱吃的细玉米面锅贴没人能做出来，酥烂的含在嘴里听得见吱吱响声的红烧肉也没人能做得出来，一大早醒来就要喝的罐罐茶一辈子虽是福德老汉熬，现在似乎也没以前香醇好喝了，想来是没有鹤庆分享的缘故。

福德说自己名字里有个福字，现在知道福是和鹤庆系在一起的，以前听鹤庆议论生死，却从未想过自己会死在鹤庆后头，本来他就比鹤庆大。现在鹤庆去了，留一个孤独的自己在人世上是艰难的，他除了会熬制罐罐茶，厨房的事情一概不懂，不懂更不动，油瓶子倒了会不会扶起还说不定。鹤庆死了，鹤庆的许多话福德现在倒常常想起来，以前她活着，她说话他基本是听不见的。

扶起来我也不会用油炒出好吃的菜，福德老汉嘟囔。一个人活到了八十岁，活着这件事就简化成了一日三餐，而现在这一日三餐，也似乎变得像个大工程一样艰巨。

福德和鹤庆年轻时生养过一个儿子。后来儿子没了。他们也没能再生养，福德说祖宗这一脉到他这里断了，好在福德有个小两岁的弟，弟和弟媳去世早，儿女却丰盈，现在，来空寂寂的东院走动的，就是西院弟和弟媳家的连顺媳妇的脚步声。连顺随建筑队去青海修路，几年在这里，几年在那里，都是修路。每回过年连顺提着礼物来看他和鹤庆的时候，福德都会说，铺路架桥，积德行功哩。

福德喜欢连顺,连顺话不多,连他这个媳妇也是话不多,一辈子未说话先笑,乐意不乐意从来都没见大声说过不字。这样的媳妇真是打着灯笼难找。

连顺媳妇进来的声音福德没听见,福德说,你进来的声音我咋每回没听见。

那我往后脚踩地踩重点。连顺媳妇笑一笑。

下次再端了饭碗进来,福德还是会说,你踩地可用力啦,我咋听不见?

你老耳背!连顺媳妇大声喊。把脚在地上跺,问福德老汉,听见了没?

福德老汉呵呵笑,看见你跺脚,听不见响。

连顺媳妇也笑,老小老小,老了咋都成孩子了。

孩子,一儿一女都在城里,打工的,陪孩子读书的。各自忙。倒是她显得闲,如果身体不出问题,日子似乎是好过的日子,吃饱容易,穿暖也容易。只是日子里咋就没个心劲呢。这样的想法连顺媳妇偶尔有,她看着屋后的小树林偶尔发一会儿呆,那里有公公的坟、婆婆的坟,婶子的坟,将来也会有她的坟、连顺的坟。她坚持清明冬至都要去坟地化纸钱,她喜欢买黄表纸,回来用真的人民币,十块的,二十块的,五十

块的，尽量用十块二十块的，有时候也用五块的，一张一张在黄表纸上认真地拓印，用木板子嗒嗒拍出闷闷的声响，她想使每一张黄表纸上都烙上真钱印子。她不用一百元的纸币，觉得那会给老人添麻烦，老人本来吝惜舍不得花钱，你给他

大票子,他花不出去,更舍不得了。连顺媳妇不喜欢买假币,那是对逝者不恭,即便另一个世界,也不能使假耍滑。

清明吊子洁白地挂在青枝绿叶间的感觉让她觉得生死没那么分明的界限,冬至上坟时点燃几支香,印过钱印子的黄表纸燃出的味道混在松柏的香气里,都让她心里安静。以前丈夫儿子都在家的时候,上坟是不要她这个女人出面的,现在丈夫儿子不在家,她毫不迟疑地担当了上坟的责任,只在除夕夜里,她看着丈夫儿子去坟地才自觉隐退,让他们走在她前面。

眼前她要每日三餐伺候的老人其实根本不构成她的负担,她给自己做饭,添一瓢水,就把老人的饭也顺带做出来了。以前婶子健在的时候,做饭还轮不上她,婶子麻利干净了一辈子,甚至连去世都麻利干净,这是咋修行来的?而她的婆婆和公公,去世前一个在床上躺了一年,另一个进出医院半年。受了些罪。

她发现老人这几天吃的越发少,她担心是饭菜不和他的胃口,到该做饭的时候就大声喊话,问老人想吃什么,老人抬起头,很认真地看她,直到她问他三遍五遍,还是那句她早知道的答案,吃啥都没滋味,你想吃啥做啥。

连顺媳妇往自己屋里走的时候心里没主意，她真盼老人能给她提个要求，他说了，她一定满足。这天在问过老人后，连顺媳妇做了素馅饺子，她看见冬阳下蒙在塑料薄膜里的韭菜鲜嫩嫩的，就决定做韭菜鸡蛋的饺子，加半个土豆泥在里面，糯糯的，软软的，好吃。

饺子端给福德，福德吃了几个，就不吃了，连顺媳妇看着有一瞬间的伤心，她想不吃就是不行了的意思。她去接碗筷，福德忽然看着连顺媳妇，问，你叫啥名字。问得连顺媳妇有点摸不着头脑，她有点发愣，她当然有名字，只是孩子们不可能叫她的名字，孩子的爸永远和她白搭话，从来不唤她名字，村里同辈人，以及长辈，总叫她连顺媳妇，难怪老人要问她名字了。连顺媳妇说自己的名字还是有点羞涩，但她还是大声说了，她说伯呀，我叫存珍。

"存珍"的声音出，像是带着一股光焰，从院子的这边飞往那边，于是，院墙边的竹林发出一串飒飒的竹叶摇动的声音。

这个傍晚，存珍去问福德老汉想吃什么她好去做的时候本来是不报得到答案的心思的，但她意外得到了答案，福德老汉说他要吃荷包蛋，要吃三个荷包蛋，他拃着手指，清楚地表示"三"的意思。于是，存珍去煮了五个荷包蛋，福德三个,她两个。

第二天,福德老汉死了。

像鹤庆婶子一样,寿终正寝。

存珍在发现福德老汉没了气息的第一时间给老汉穿好寿衣,她走出屋子,看见一群麻雀从竹林里呼啦一声飞起来,越过院墙飞向蓝天,想,这个院子从此变成实心子的空寂了。她把脚大声在地上跺,说,伯呀,你老听见了吧?

《延河》2016 年 3 期

后记

是先有了那匹奔跑起来蹄声难以比拟的白马,之后有了小说《白马》,再就有了这本名《白马》的小书。

感谢贾平凹老师,他说白马好,说白马两个字好,他欣然运笔,题赠书名《白马》。

《白马》是我的又一本小小说集,汇集作品36篇。

我写小小说近二十年,二十年,对于写作者本人,应该有许多关于小小说的看法、想法,但就像一个人活到一定岁数,就难以对人生轻易感慨一样,经历拉长,磨练太多,说什么都在似与不似间,不能轻易定义,开口忘言,欲说还休。我只知道,对这种需要诗意,需要思想,需要凝练仿佛炼丹似的写作我仍有探索的兴趣和耐心。相信小小说还有更好的写法,能写得更有意思。相信小小说的语言就是内容,因为篇幅,小小说的语言和内容更实难割裂。诗意不仅仅在句与句间,而是和文章浑然整体,像一个人举手投足释放出的气质,是一个人的气血和。大多时候,一篇好的小小说需要有意味的细节,这细节犹如一片古瓷充满信息,饱含思想和意义。好的小小说单依靠偶然赐予细节和灵感不够,它需要启示般的意味,用心还不够,要用思想,这样,或许更多的有意味能被你抓获,能来到你案头,你笔端。

如是。我继续我的写作。

本书里的内容是近年写成。这些作品可能不似最初的清丽,但我更愿意在看见湖荡荷花的美貌、荷叶的鲜碧时,能联想到这莲花荷叶那深可丈量的根系,以及它植根的深厚淤泥。眼睛看见眼前,心里体味那眼目不能看到的地方。生之虚无,形形色色故事里包含的人事,每个小人物,他们的个人体验,他们的个体声音,他们用"活着"对种种虚无做着的对抗,我愿意呈现在这里,我愿意寻找存在以及写作的意义。

感谢邢庆仁先生,没有他的画作参与,这本书会失色不少。

感谢傅强先生,他的白马在书之封面上熠熠生辉。

感谢建森工作室,感谢李建森先生对该书设计做出的贡献。

感谢尚振山先生,没有他,就没有这本书。

2016 年 11 月 8 日